文春文庫

だからこうなるの

我が老後3

佐藤愛子

文藝春秋

目次

イラスト　市川興一

だからこうなるの

我が老後 3

ことのはじまり

一年前の秋のある日のことだ。私は仕事場にしている逗子のマンションで机に向っていた。連載小説の締切が迫っていて、一刻も無駄に出来ないという切羽詰った気持だった。東京にいると雑用に邪魔されるので、誰もいない部屋に自分で自分をカンヅメにしていたのだ。もう一週間近く誰とも口を利かず、毎日朝の八時から夜まで原稿用紙と向き合っていた。

そんなところに治療師のKさんから電話がかかってきた。これから伺ってもいいですか、お話ししたいことがあるので、という。

「丁度よかった、来てちょうだい、来てちょうだい」

　思わず弾んだ声を出したのは、折しも身体は凝《こ》りに凝って丸太棒のようになっていたからである。東京の自宅にいる時は気らくに往診を頼めるが、逗子まで来てくれとはいい兼ねていたところだった。Kさんの治療は実に丁寧で（彼が編み出したという独特の方法で）身体が完全にほぐれるまで時間に頓着なく治療してくれるのが有難い。

　一時間ばかり後、Kさんは愛車の何とかいう外車（何度聞いても憶えられない）を飛ばしてやって来た。すぐ、治療にかかってもらう。丸太棒であるから例によって二時間はたっぷりかかる。「話」というのはその間に聞くつもりだった。

　ところがいつまで経っても「話」は出てこない。美輪明宏はどうしていつまでもあんなにキレイなんだろう、まるで奇蹟だという話や、Kさんの高校三年の娘はトビキリ成績がよくて日本女子大や東京女子医大などに推薦入学出来そうだ、というような話ばかりしている。

　漸《ようや》く終って時計を見ると正午を遥かに過ぎている。消費した時間を思い、早く帰ってほしいが、まだ「話」というのを聞いていない。二時間も治療をさせたのだから、自分の勝手ばかりいうわけにはいかないと考えて、とりあえずお腹空《す》いたでしょう、というと極めて素直に「ハイ」という。仕方なくマンションの向いにあるデニーズへ行き、Kさんはステーキ定食、私はラーメンを注文した。Kさんはゆっくりステーキを切りながら、長嶋一茂が打てないのはなぜか、あれほど打者として恵まれた身体をしているのに打てないのは、あれは目が悪いからである。といっても視力の問題ではない、視神経に狂いが生じるためで、それは誰も気がついていないが自分にはわかる、という説明が延々つづく。視神経をちょっと押えるだけで治るんですがね。まったく惜しいですよ。ぼくが長嶋の友人にその話をしたもので、彼が一茂にそのことをいったんです。そうしたら一茂は、その人……つまりぼくのことですが、その人は有名な治療師か、と訊いたんですって。有名なら信じるが無名は信じないんですよ、アハハハ。

「ふーん、へーえ。そういうもんね、世間って……」

私は義理で返事をする。笑ってる暇があったらさっさとステーキを食べよ、といいたい。切目なくKさんはしゃべる。話って何？　という余地がない。だいたいが話好きの男だから、心ゆくまでしゃべった後でゆっくり話すつもりなのか、それともそれほど大切な話があるわけではないが、天気がいいので何となくドライブがてら逗子へ来たい気持になったのかもしれない。彼にはそんな暢気《のんき》なところがある。今までにも治療に来るのに何度か細君や子供を連れて遊びがてら来ている。

そうだ、一度なんぞはその日、沖縄から出て来たというばあさんを連れて来た。その時、私は四国の講演旅行から帰ったばかり。講演旅行はいつも疲れ果てるので前もって往診を頼んでおいたのだ。そんなところへ何のためにばあさんとおばさんを連れて来たのか、私にはわからない。わからないがとにかくばあさんとおばさんは来たのである。

実に無愛想なばあさんとおばさんだった。何が気に入らないのか、いや、気に入らないのではなく、多分「そういうタチの人たち」なのだ。話しかけても「はァ」しかいわない。自分からしゃべるということは皆無だ。旅から帰ったばかりなので茶菓子など何もない。仕方なく講演先から土産にもらって来た竹輪を籠のままテーブルに置き、

「これ、四国のお土産、こんなものしかないのよ、よかったら食べて下さい」

ポットと茶道具を出して治療に入った。治療を終って居間へ行くと、二人はさっきの姿勢のまま長椅子にチンマリと並んで坐り、夕陽が沈んで行く海を眺めていた。竹輪は？　とテーブルの上を見ると、籠の中、何もない！　一本もない！　ああ、それはその夜の私の夕飯のおかずにする筈だったのだ！

Kさんと私との関係は治療師と患者であって且《かつ》、なぜかそのようなものになっていたのである。Kさんの治療費は五千円である。一時間でも二時間でも、とにかくKさんが「これでよし！」と思うまでやって五千円である。しかも往診料（ガソリン代）もその中に含まれている。

それでは余りに安過ぎるといくらいっても五千円以上は取らない。自分に与えられたこの能力を人のために使いたいのですといわれて、私はすっかり心服していたのだ。

ところでKさんの話というのはこうである。（デニーズを出て別れようとすると、まだ話はすんでいません、といわれ、再び我々は私の仕事場へ戻ったのだ）

Kさんの才媛だという高三の娘は、来年から東京女子医大へ行くことになるが、そのためにまとまった金が必要になった。そこでハワイに持っていたマンションを三千万円で売った。Kさんはその金を日本へ送ったところ、その金はハワイの税務署――だか何だかよくわからないが、とにかく「当局」によって押収された。Kさんは税金を払わずに送金したので脱税行為と見なされたのだという。

税金は日本へ帰ってから払えばいいと思っていたのだとKさんはいう。要するに無知ゆえのミスなのだが、ハワイの「当局」は意図した脱税だと見なした。近々彼は召喚され、場合によっては監獄行きになりそうだという。

だがここに助かる道がひとつある。

それはハワイでは不動産を売った金の中から次の不動産を買えば、売った金に対する税金は免除されるというのだ。そこでKさんは千五百万円の物件を買うことにした。話は決ったが何しろ三千万円を押えられているので当面の金がない。この物件の買い取りが終れば押えられている三千万円は戻ってくる。遅くとも十二月二十日には手つづきが終って押収は解除されて金は手に入る。その日までいくらでもいい、貸してほしいというのがKさんの「話」なのであった。聞き終ると私は、

「そうなの……ふーん……」

といった。それは私の頭から理解力、判断力というものが消えていく時のいつもの返事である。理解力、判断力を失った私は、気がつくと、じゃあ百万円でいいかしら、といってしまっていたのである。Kさんの顔はパッと輝いて、「も、勿論そんなに貸していただければ、有難いです」という。私は夢遊病者の如く銀行に電話をかけて普通預金に百万円あるかしら、と訊くと運悪く「あります」といわれ、Kの銀行へ振り込むよう

に頼んでしまった。あっという間のことだった。（私はいつも「あっという間」に後々後悔するようなことをしてしまう）

後にこの話を聞いた人々は、みな、

「百万円！」

と驚いて叫んだ。金額に驚いたというよりもその貸し方の無造作さに呆れたようだった。

「でも十二月二十日には返ってくるんだから」

と私は弁解する。

「信じてるんですか？　そんな話を」

と誰もがいった。信じたからこそ無造作に貸したのだ、と答える。

「あんたね、百万円の原稿料を稼ぐのに、いったいどれだけ書かなきゃならないと思うのよ」

と中山あい子にいわれ、突然、憑きものが落ちたようにギョッとなった。

Kさんにはいつも無理をきいて貰っているから、困っていると聞けば助けたい。しかし、なんで百万円なのだ！　と改めて自分に問う。

なんで百万円か、といわれてもねえ、と問われた方の私は困惑する。千五百万の金を必要としている人にまさか、「そんなら五万円（あるいは十万円）貸す」とはいえないではないか。だがそれよりも私は何でもいい、早く話をすませてさっさとKさんに帰ってもらいたかったのだ。締切の迫っている原稿。それで頭がいっぱいだった。こういう話は断ると長びく。早く帰すには貸すしかないのだ。百万円という金額は「これならさっさと帰るだろう」と踏んでの金額だったのだ。

思った通りKさんはすぐに引き揚げ、私はせいせいして原稿に取りかかった。漸く原稿が書き上り、編集のTさんが取りに来た。私は原稿を渡しながら、Kさんとのいきさつを話していった。

「そういうわけですからね、この百万円がもし返ってこなかったらその時はあなたの編集部で弁償して下さいよ」

私は真面目にいったつもりだったが、Tさんは「アハハハ」と笑っただけだった。

そうして十二月二十日が過ぎ、年が明けた。だが何の沙汰もない。電話をかけると細君が出て来て、わたしには何もわかりません、というだけである。わかりませんじゃすまないだろうというと、でもわからないんです、という。Kさんは？　と訊くと、いつもいない、どこへいったかわかりませんと切口上にいう。細君は一度も申しわけないという言葉を使ったことがない。私は手紙を書いた。「人間関係に於《おけ》る信義と誠実」について真剣に所信を述べたのである。

はや春は逝きつつあった。今は私は金よりも事情を知りたいという気持でいっぱいである。人間関係に於《おい》て私はすべて明白を好む人間である。事情がわかれば納得する。かくかくしかじかで返せなくなりましたといえば、仕方ない、諦《あきら》めよう、という気持に（怒りつつも）なる人間だ。そうなればお互いにスッキリする。向うも電話が鳴るたびにギョッとしなくてもすむだろうし、私の方も忘れることが出来るのだ。なにゆえKは（ここに於て、断乎、「さん」をつけることをやめる）出て来て説明をしないのだ！

「危急に際してコソコソ逃げ隠れする奴は人間の屑だ！」

娘相手に私は喚《わめ》いた。娘は何もいわない。

――だから貸しさえしなければいいんだ……。

娘はそう思っているのである。だが娘は何もいわない。こういう時に必ずなるフン詰りのような（母親への批判と百万円の惜しさが交錯した）顔で黙っている。

逃げるよりは堂々と出て来て事情を話して謝った方がらくになるのに、なぜそれをしないんだろう！　私は執拗にくり返す。百万円が返らぬことよりも、そのことにハラワタが煮えくり返るのである。

ある日、Ｋの細君から電話がかかってきた。

「主人はハワイの監獄に入っていると、弁護士さんからいってきました。『佐藤先生は怒ってるだろうなァ』といいながら監獄へ行ったって……」

ではその弁護士の電話番号を教えて下さいというと、わかりませんという。住所は？と訊くとそれもわからないという。

「あ、あなたは自分の夫が監獄に繋がれているというのに弁護士の電話も知らないんですか！」

すみません、と彼女はいっただけである。仕方なく電話を切って私は叫んだ。

「――奴はアホだ！」

アホだと思ったが「嘘つき」だとは思わなかった。監獄から出て来たら、金は返ってくると、それでも私は信じて怒りながらもホッとしていたのである。

だからこうなる

Kがハワイの監獄に入っているという細君の話は私には妙に嬉しかった。

——そうか、監獄に入ったのか……。

そう呟くとプクプクと笑いの泡が浮き上ってきた。Kは不誠実ではなかった。不誠実にならざるを得ない事情の中に嵌《はま》ってしまっていたのだ。Kは私を裏切ろうと企んだのではなく、裏切った形になってしまったのだ。そう思うとほっとした。これでKが監獄から出てくるまで百万円について考えなくてもいいのである。私は早速、いきさつを知る友人たちに電話をかけた。

「Kはハワイの監獄に入ってるんだって」

「そうか、それなら出てきた時に金は返るよ」

「ま、気長に待つわ、ハハハ」

と上機嫌だったのだ。

三日ほどしてふと、私はある疑惑に捉えられ、「M子さん」という人に電話をかけてみる気になった。Kは治療に来る時、細君や子供や親類やら、いろんな人を連れてくる癖があったが、「M子さん」もその一人で、よく一緒に来ては治療の間、応接間でテレビなど見て待っていて、終るとKの車で帰って行った娘さんである。Kの細君や子供らと一緒に来たこともある。

私はM子さんの電話番号を調べて電話をかけた。

「突然ですけど、Kさんの消息、知っていらっしゃる?」

するとM子さんはさらりと答えた。

「Kさんとはおとつい会いましたけど」

えーッ!

「会った!……どこで?」

「友達の引越の手伝いに来てました」

引越の手伝い！

Kはハワイの監獄に入っているのではなかったのか！

「カンゴク？　どうしてですか？」

「だからどうしてだろうと思って……奥さんがそういったんですよ」

「奥さん？」

M子さんはいった。

「奥さんって誰のことですか？」

「誰のことかって……あなた一緒にうちへ来たことあるじゃないですか」

「あれは奥さんじゃありません。妹です」

「そんなバカな！　女房ですよ！」

「いいえ、妹です。前の奥さんに逃げられて四人も子供を置いて行かれたので、妹に世話をさせてるんだっていってましたけど」

「けれど私には女房だといって紹介しましたよ」

M子さんは絶句した。私は訊いた。

「あなた、この電話のこと、Kさんにいいますか？」

「いいません」

M子さんはきっぱりいった。

その翌日のことである。朝の八時前に電話が鳴った。寝呆けマナコで受話器を取ると、元気イッパイのKの声がいった。

「お早うございます！　Kです。今、成田に着いたところです。成田からかけてるんですが、お金、出来ました……」

「出来た！　ほんと？」

Kの声を聞くのは半年ぶりである。

「これからお届けしてもいいんですが、何しろ飛行機で眠れなかったもので……銀行振り込みでもいいでしょうか？」

「いいですよ、振り込みで……」

賢明な読者は（特に賢明ではない人でも）ここで、「そんなもん、振り込むもんか」と思うでしょう。だが私はそう思わなかったのだ！　その時一番に私の頭に閃《ひらめ》いたことといえば、半年もほっといた金を持参もせず、謝りもせずに振り込みですませるというのか、この礼儀知らずめ、ということだった。だが「金、出来ました」という元気イッパイの大声は、私の頭の中に淀んでいた怒りや恨みを一陣の涼風のように吹き流したのである。

とにかく金は返るのだ！

今は連休前。連休が明けたらソク、振り込みます、とKはいったのだ。

私はそれを信じた。Kと同じ大声になって、

「そンじゃあ頼みますよ。ま、ゆっくり休んで……。ご苦労さん」

とまでいったのだ。なにが「ご苦労さん」だか。

いったいなぜ私はその時、あなたは三日前、引越の手伝いに行ってたんじゃなかったの、といわなかったのだろう？

なぜ、振り込みではなく、今すぐ持って来いといわなかったのか？

嬉しさの余り私はそのことを忘れたのである。

しかし読者諸賢のご推察通り、金は振り込まれず、Kもまた行方不明になってしまった。

いったいなぜ、Kは返せもしない金が出来たと朝っぱらから電話をかけて来たのだ

ろう？

引越の手伝いをしていたくせに、ハワイから今帰ったなどと、なぜそんな無駄な嘘をいってきたのだろう？

「そういう人っているんですよ」

と「電話の友」新津動物病院副院長の沢田女史はいった。女史の病院でも治療費を払わない人がいるが、そういう人が忘れた頃に電話をかけて来ては、「今月の末に払います」などといい、それっきりになってしまう。こっちが催促したことのいいわけじゃないんです。向うからわざわざそういってきて、それっきりにするんですよ。そういう人っているんです……。

Kは「そういう人」なのか。そう思えばそれでケリがつく。

だが、なぜ「そういう人」なのだ、と私は考えずにはいられない。

それはせめてもの彼の「良心」なのか？　良心がつかせる弱者の嘘なのか？

そうだとしたら私はKのその心情に一掬《いっきく》の涙を注ぐであろう。

だが世の中にはその時その時の「気分」で動く手合がいる。無考えに思いつきで行動して意味もなく「嘘をつく」手合が。人を、この社会をナメている奴が。

だとしたら私は憤怒する。

一掬の涙を注ぐか、憤怒の途《みち》に入るか。私は悩むのであった。

ある日、風呂に入っていて、ふと私は思った。Kは治療費を一時間でも二時間でも五千円以上、取ったことがない。そりゃあ安い。普通なら二万円くらいするよ、と中山あい子にいわれたことを思い出し、そうか、それなら一回につき一万五千円トクをしたことになるな、と気がついた。平均して月に二回治療したとして、一か月三万円のトクだ。一年に三十六万円。Kとのつき合いは五年になるから、五年で……ええと、五六の三十、三アガッテ、三五の十五に三タシテ……（と計算し）、百八十万！

そうだ、百八十万円のトクをしている。

とすると、百万円の貸しは帳消しにしてお釣りがくるくらいではないか！

それにそうだ、あれはいつだったか、明日は飛行機で北海道へ行かねばならないといった時、フライトは何時ですか？　その時間なら空港まで送りますよ、といって送ってくれたことがある。羽田までタクシーで七千四百円だ。それを五回ほど行ってくれたから、えーと、四五の二十の、二アガッテ……（と計算し）、三万七千円を百八十万に足す。

百八十三万七千円！

それから、そうだ、私が風邪で寝ている時、横浜の中華街のエビ入り中華粥のアツアツを鍋のまま持ってきてくれた。

あの中華粥はナンボ？

考えてみれば、Kはずいぶん私に心を尽してくれていた。あの時もこの時もと思い出をたどって、自分を納得させていた折しも、一枚の葉書が警察からきた。何ごとかと見れば、違法駐車しているあなたの車を即刻引き取りなさいという内容である。

違法駐車している車？

ナンバーを見ると、それは一年前にKが欲しいというのであげた車である。一年前、私は車を買い替えた。べつに買い替えなければならぬほどのことはなかったのだが、常々世話になっていたホンダ自動車のTさんに恩返しをしたくて、買い替えたのだ。前の車はトヨタだったので、ホンダは下取りをしないという。その時、私はふと、どうせ下取りされない車なら誰かにあげた方がいい、下取りしないといって、タダで持って行き、手入れをしてナンボかで売るに違いない。ホンダめ！　そうはさせんぞ、という気になったのだ。そこへたまたまKが治療に来て、自分は外車を持っているが、うちの女房用として貰えるものなら貰いたい、といい、話は簡単に決った。翌日、Kは女房連れでやって来て、

「それじゃあ、貰って行きます」

「どうぞ持ってって」

それでことがすんだと思っていたのである。ところがKは名義を書き換えていなかったのだ。

「書き換えていなかった、だなんて、あんたも暢気だねえ」

「車を渡す時に印鑑証明を渡したりいろいろするもんだよ」

人にいわれてびっくりした。そんな手つづきが必要だなんてちっとも知らなかった。

その人は呆れて、

「鍋を貸すのとはちがうよ！」

と年がわかる呆れ方をしたのだった。

私は警察へ電話をかけて事情を話した。女の警察官は表情のない声で、それではすぐに名義を換えて下さい、という。しかし相手と連絡がつかないんですよ、どうしましょ

う。それは何とか捜し出すことですね。このまま車をほっといたらどうなりますか。それはあなたの責任になります。じゃあどうすればいいんですか。レッカー車で運ぶしかないでしょうね。そのレッカー車の費用はどうなりますか？　当然あなたが払うんですッ……。

泡をくって私はKに電話をした。その頃はいつも留守番電話になっていた。それで、事情を告げ、すぐ連絡してほしいといっておいたが連絡はない。Tさんは車が放置されていたという場所へ行ってくれたが、車はなくなっていた。

車がなくなっているということはKが乗り廻しているということだ。Kが乗り廻しているということは、いつ事故が起きるかわからぬということで、事故が起きた時にKが逃げれば名義人である私にその責任がかかってくるということである。

「名義が換っていないとすると、税金もあんたが払ったんじゃない？」

といわれ、調べてみると……やっぱり払っておった！

常々税金の名目や金額など、見るとムカつくから見ないで払っている。税金が正しい使われ方をしているかどうか、この課税は公平かどうかなど、考えると暴動を起したくなるので考えないよう、見ないようにしている私だ。その習慣が仇《あだ》になって私はKにやった車の税金を払ってしまっていたのだ。

「税金を払ってなければ、ことが起きた時、自分の車じゃなくなったからこそ税金を払っていないのだといえるんですがねえ……」

とTさんは沈痛にいう。気持の優しいTさんは、こういうことになったのもホンダの車に買い替えさせたためだと気に病んでくれているのである。

Tさんは私が捜し出したKからの年賀状の住所を頼りにKの家を捜しに出かけた。そして帰って来たTさんはいった。

「家はわかりましたが、Kは夜逃げをしていました……」

夜逃げ！

夜逃げの荷物を私のあの車に載せて逃げたというのか！

もはや二万円の治療費を五千円にしてもらって、さしひき一万五千円のトクだから、平均月に二回治療してもらったとして三万円、年に三十六万円、五年のつきあいだから百八十万円のトク……などと考えて納得している場合ではなくなった。いや、待てよ。奴は金を借りに来ておいて、ステーキ定食を私の奢《おご》りで食ったのだ。（私はラーメンを食ってるというのに）それからそうだ、あの沖縄のばあさんとおばさんは竹輪一籠、一本残らず食い尽した……それからそうだ、いつだったか、子供女房連れで逗子へ来て、焼肉屋でしこたま焼肉を食べた。あの時の塩タンの追加注文三人前！

私は呆然と庭を見ている。

なんでこうなるの、と呟く。

なんでって、つまりそういう人なんだよ、あんたは、と中山あい子はいった。だからそうなるんだよ、と。

もうどうでもいい！

そうして気がつくとあれから一年経っていた。

あれからというのはKに百万円を貸した秋の日からである。十二月二十日には必ず返すといったきり、Kは夜逃げをしてしまったのだ。しかも私の車で。

一年のうちに私は百万円なんてどうでもいい、という気持になっていた。こういういい方をすると必ず、

「おカネモチはチガウわねェ」

などと簡単にいう手合がいるが、まことのカネモチというものは、「百万円なんてど

うでもいい」とは決して思わないものである。(だからカネモチになれる)もうどうでもいい！　とすぐに諦めてしまうのは貧乏ズレしている手合なのだ。特に私の場合は金の損なんぞに汲々としているようでは今日まで元気に生きて来られなかっただろう。

「あの件、どうなりました？」

と訊かれても、

「あの件？　何でしたっけ？」

と訊き返し、

「ほら、百万円の件ですよッ！」

と相手をじれったがらせる。

そんなことよりもKが貰って行きますといって持って行き、名義を書き換えぬままにKと共に行方不明になっている車の方が重大なのである。その車で万一、Kが事故を起して逃げたら、すべての責任は私にかかってくる、と皆がいう。それが人身事故だったりしたら、もう大変です、とTさんは心配してくれた。

「もう大変」とはどんなことなのか？　私がKの代りに監獄へ行かねばならぬことになるのか？

Tさんは沈痛に腕組みをしたままである。Tさんは陸運局や警察へ相談に行ってくれたが、これは私がKに「あげた車」であって盗難車ではないので警察は相手にしてくれない。要するに自分の力で車を探し出して奪還するほかに何の方法もないのであった。

娘はいった。

「とにかくね、ママはKさんが好きなのよ。ママはヘンな人が好きなのよ。普通の人、常識のある人とは親しくならないでしょ。好きでこんな目に遭ってるんだから、話聞いた人も誰も同情せずに笑ってるだけ」

「そうかなあ？……そんなことはない」

私は力なく、

という。

「ほら、あの柱に浮き出た鬼の顔の話……」

「何だっけ？」

「何だっけって、忘れたの？　Kさんの友達の家で、柱に鬼のような男の顔が浮き出ていて、どうしても消えないから何とかしてくれってKさんのところへ頼みに来たの」

そういえばそんな話があった。Kは常々自分には霊能があるといっており（この特殊な整体法も神さまからひとりでに教わった技術だとか）時々頼まれて霊現象を鎮めに行ったりしているのだが、この時も柱の鬼の顔を浄化するべく友人の家へと赴いたのだという。

「それで？　本当に鬼の顔があったの？」

「ありました。鬼みたいな男の顔でした」

「で、どうしたの？」

「台所から庖丁を持って来て削ったんです」

「削った！」

私は驚いた。

「削って取れたんですか？」

「取れました」

「取れた！」

「簡単なもんでした」

削って取れるのならば、それは幽霊ではなくて、ただの落書きかしみだったのではないか？

「いや、しみではありません。鬼のような男の顔です」

その時、私はKの応答があまりに悠然としていたので、それ以上追及しそびれて、

「へーえぇ……」

と感極まった声を出したのであった。

「それから、ほら、座敷わらしの話」

と娘はいう。

そうだった。あれはKが東北の温泉場へ家族を連れて行った時のことだ。宿に泊って
ふと夜中に目が醒めたら、枕もとに座敷わらしが坐っていた……。

「座敷わらし!? ほんとにいるの？ そんなもの……」

「いますよ。チョコンと坐ってぼくの方を見てるんですよ。絣の着物着て」

「へーえぇ……それでどうしたの？」

「座敷わらしでお手玉して遊んだんです」

「座敷わらしのお手玉？」

「抱き上げてポーンと上へ投げたら、キャッキャッと笑って落ちてくる。それを受けて
またポーンと上へ投げる。落ちてくる……」

「へーえぇ……」

「散々遊んで寝たんですけど、翌朝、息子がパパ、昨夜《ゆうべ》、夜中に一人でなにしてたのっていうんですよ。息子の目には座敷わらしは見えないもんで、ぼくが一人ではしゃいでるように見えたんでしょう」

「座敷わらしというのは、誰もいない座敷の真ん中に一人、ぽつねんと坐っているものだと聞いてるけど……」

「座敷わらしにもいろいろあるんですよ」

Kは真面目にそういったのだった。

「それから、ケサランパサランの話」

と娘はいう。そうだ、かつてKの家にはケサランパサランがいたのだった。そやつは綿埃のカタマリのような奴で、どんどん殖える。いつもは戸棚の後ろなどにいるが、掃除をする時など、掃除機に吸い込まないように注意するのがたいへんだったとか。

ケサランパサランにはよく見ると目がある。

「えーッ。目があるの！」

「ありますよ。まっ黒な南京玉みたいな――いや、南京玉より小さいですね。二つ。ポッチリついているんです。口もあります」

「えーッ、口も！　どこに？」

「よく見るとあります。毛の奥の方に隠れているんです」

「じゃあ、何か食べるのね」

「そうでしょうね、多分。口があるんだから」

「何を食べるのかしら？」

「さあ、何ですかね」

　娘はKにそのケサランパサランが欲しいといった。

「あんまり殖えるので知人にあげちゃったんですけど、探したら一つや二つはどこかにいるでしょう。いたら持って来てあげますよ」

　ケサランパサランを貰った知人は会社の机の抽《ひ》き出《だ》しに入れておいたら、どんどん殖えて抽き出しがケサランパサランでいっぱいになった。うっかりしていると外へ出て、そのへんに転がっている。Kはいった。

「しかしケサランパサランが居つく家は繁昌するというのは本当ですね。その会社はすることなすこと次々に当って、ものすごい景気になりましたよ」

なるんじゃない？

――そのケサランパサランを取り返して来たら、あなたも私に百万円、返せるように

Kがいたらそういってやりたいところだ。そんなことを思っていると懐かしくなって

くる。

思わず呟くと、

「悪い男じゃないんだけどねえ……」

「悪い男やないの！ これが悪い男でなくてどうするか」

居合せた旧友が躍起になっていった。

「愛ちゃん、あんた、もうはやのどもと過ぎて熱さを忘れてるのんね！ あんたは社会悪を助長させる人やわ。だいたいね、ケサランパサランの話ひとつ聞いただけで、わたしやったらもう、つき合いをやめるわよ。それになにやて？ 座敷わらしでお手玉？ そんなことという男に、ようも、ようも、あんた、百万円も貸したわねえ!! こらあんたがいかん。貸した方が悪い！」

興奮のあまり、目尻に涙が滲《にじ》んでいる。

「だから、百万円はもう忘れてるのよ。もう、いいんだ……」

「それ、それ、それがいかんというのよ。あんたはすぐ忘れる！　忘れるから改まらない！　年中同じことのくり返し。後悔せん人間ほど始末に負えんもんはないとうちのおじいちゃんがいうてたけど、ほんまにそうやわ。つくづくそう思うわ！……」

だから座敷わらしやケサランパサランの話など、しなければよかったのだ。この話で怒り出す人がいるとは知らなかった。私はみんなでKの「人となり」の不可思議さについて考察して楽しみたかっただけなのだ。

そんなある日。Tさんがニコニコしてやって来た。

「わかりました、Kの居所が」

「えッ、どこにいるの？」

「目黒区の柿ノ木坂の近くですよ」

柿ノ木坂といえば昔からの高級住宅地である。どうしてそんな所にKはいるのか。その不思議はともかくとして、なぜそこがわかったのか。

Kは夜逃げをしたので元の住居は当然空っぽである。しかしKは某駅前に治療所を持っていた。それに気づいたTさんはその治療所へ行ってみた。すると扉の新聞受けに新聞が入っている。見ると前日の日付である——。ということは、Kはこの治療所へこっそり来ているということだ。

そこでTさんは新聞販売店を当った。と、確かにKの治療所に新聞を配達していることがわかった。新聞代はKが直接払いに来ているという。Kが柿ノ木坂近辺にいることはそこからたぐって行ってわかったのである。

「行ってみますか？」

とTさん。Tさんはほんとうに誠意の人だ。以前、Tさんの奥さんが家事の手伝いをしてくれたのがきっかけで、Tさん夫婦にはいい尽せぬ世話になっている。べつに買い替えの必要もなかった車を買い替えようと思ったのは、ホンダに勤めるTさんへのせめてもの恩返しのつもりだったのだ。Tさんは営業部の人ではないから、折角恩返しのつもりで買い替えても営業部の人の成績になってしまうのでは意味がない。そこで私はTさんと一緒に来た営業部の人に、

「これはTさんの人となりへの感謝の気持で買い替えるのですから、そのことを社長さんによく伝えて下さいよ」

と念を押したのだが、伝えたかどうか。（そんなもん、伝えるわけがないやないの、と前記の旧友はまた怒った）

その私の気持を知ってくれているTさんは愈々《いよいよ》私にたいして申しわけがない、という気持になったのだろう。一所懸命にKの行方を探してくれたのだ。私の感謝の思いは却《かえ》ってTさんに苦労を与えたのである。

Tさんの熱意は有難いが、私はどうも気が進まない。億劫《おっくう》さが先に立つ。もうどうでもいい、Kが事故を起して名義人の私がその身代りにならねばならなくなったら、それはその時のことだ。その時に盛大に騒げばいい、という気持になっている。

Tさんは我がムコどのと一緒に出かけて行った。お互いに勤めを終えた夜の八時頃である。間もなく二人は気ヌケした顔で帰って来た。留守でしたという。インターホンで子供が、

「お父さんもお母さんも留守です。帰りはわかりません」

といったとか。家は閑静な住宅街の四ツ辻の一角にある白レンガの瀟洒《しょうしゃ》なマンションで、玄関の石段横に駐車空間があってそこに黄色いスポーツカーが止めてあったという。

「なに！　黄色いスポーツカー！……」

そんないい暮しをしているのか！　その時、むらむらとK宅を襲う気が湧いたのだった。

ことの終り

秋晴の一日、私はTさんの車に乗って柿ノ木坂方面へ向った。空はあくまで青く高く輝き、飛行機雲が白い筋を曳いている昼前である。高級住宅の多い柿ノ木坂周辺はしーんとして人の姿もない。その一画に夜逃げをしたKの隠れ家があるのだった。

「ここです」とTさんが車を止めた所は、広い舗道が交差している一角である。外壁がオフホワイトのタイル張りの建物はマンションのようだが、この前来た時、二階の窓にKの娘たちらしい人影があったから、あるいは一戸建かとも思った。だがどうやらメゾネットタイプのマンションらしいとTさんはいった。白い石段を三段ばかり上ると真鍮

色のドアがついている玄関で、石段の脇に話に聞いた黄色いスポーツカーが光っていていかにも秋らしく、建物によく合っている。Tさんにいわせると、これは何年も前にホンダが造った最初のスポーツカーだが、今はもう走れないだろうということである。つまりそれはこの家のアクセサリーとして置いてあるものらしかった。それにしてもとても夜逃げの人の住居とは思えない瀟洒なたたずまいである。決して古くはない。

「いいお住居ねえ」

と普通ならいうところだろうが、私はムッとしてあたりを見廻し、チャイムを押した。すぐに「ハイ」と返事がきた。聞き馴れたKの細君の声だ。何の用心もしていない気軽な声だ。その声の明るさに私は一瞬後ろめたさを覚える。電報強盗（表現は古いかもしれないが）になったようないやァな気持になった。私は喧嘩好きかもしれないが、不意打ちはいやである。手袋を投げての決闘が好ましいが、この場合は不意を突かなければ相手は逃げる。仕方がない。

「佐藤です」

と私はいった。間を置かず細君は、

「ハイ」

と答えた。慌てた声ではないが、不意を突かれてとりあえず答えたという声だった。

それきりシーンとしている。

――あんた、佐藤ですってよ。

――いるっていったのか？

――佐藤ですっていったからハイって答えただけ。

――いないっていってくれ。

――でも……。

――早くいえよ。早くいわなきゃ怪しむじゃないか。

などと夫婦はシーシー声でいい合っているのではないか？

――あんた、自分で出て行って何とかいえば？　逃げてばかりいないで……。

何よだらしない。自分のしたことは自分で責任取ったら？　男なら女を矢面に立たせるなんて恥かしいと思いなさいよ……。

と私の場合は大声に叫んだものだった。三十年昔のことである。当時我が夫は事業に失敗して借金まみれ、そのうち家を出て姿をくらましてしまったのだが、あれは借金取りの攻撃よりも女房の攻撃から逃げたのかもしれない。（その点、共に夜逃げをしたK

の方が実《じつ》があると思う）

暫《しばら》く待たされてからやっとドアが細目に開いた。覚悟を決めたような顔が覗いた。

「Kさん、いますか？」と私。

「留守ですけど」と細君。

お互いに挨拶なしだ。細君は一歩も家の中へ入れまいとするようにドアの隙間に立ちはだかっている。

「うちの車、どうなってるんですか？」

いいたいことは山ほどあるが、いっても無駄だと思うからいきなり核心に入った。

「駐車場にあります」

「どこですか？　駐車場」

「この先です」

「では持って行きますからキイを下さい」

余計な台詞をいわぬということは、それだけ迫力を増すものだ。細君はけ圧《お》されたように「ハイ」といって奥へ引っ込んだ。引っ込む時に固くドアを閉めて掛金を下ろした様子である。それっきり、待てどくらせど出て来ない。

――あんた、車のキイ……よこせって。

――車、あるといったのか。

――ええ。

――なぜないといわないんだ。

――だっていきなりいわれて、とっさに考える暇がなかったのよ。

――アタマ使えよ、アタマを……。

など再びシーシー声のいい合いをしているのだろうか？

――キイはないっていえよ。オレが車で出て行ったといえばいい。

――でもハイといってしまったのよ。

――あると思ったんだけど、探したらなかったといえばいい。

――信じるかしら。

――信じるも信じないもないよ。そういってドアを閉めてしまえよ。

そんな想像を廻らしているうちに、何だかもう、何もかもイヤになってきた。

ああ、もういい！　金も車もくれてやる！

そう叫んで帰ってくることが出来ればどんなにせいせいするだろう。襲われる向うも不愉快だろうが、襲う方はもっと不愉快なのだ。

世間の借金取りに私は同情する。「鬼のような借金取り」などと人は簡単に形容するが、そもそも何が彼をして鬼たらしめたか。金を借りた方がさっさと返せば誰も鬼になんかならないのだ。さっさと返さないものだから鬼にならざるを得ない。このように取り立てる自分をさぞかし鬼のようだ（己れの非もかえりみず）と相手は思っているにちがいないと想像すると、その意識が彼をしてより厳しくより非情にさせ、尚且《なおかつ》ものいいや人相などを鬼のようにさせるのである。

そんなことを考えているとやがてドアが開き、細君は出て来た。手にキイを持っている。（私は安心する）ものもいわずに歩き出す。ま新しい花柄のパンツに明るい牡丹色の模様編のセーターを着て、スタスタと歩いて行く。私は急いで後を追い、

「いったいどうしたというんですか、Kさんは」

といったが細君は黙ったままスタスタ歩く。

「困ってる時はお互いさまだと思うから、私は出来るだけのことをしたつもりですよ。百万円貸したのも車をあげたのもKさんへの友情じゃないですか。返せないのを無理に今返せといいやしませんよ。事情を聞けば私は納得します」

細君無言。私の心臓は怒りのためにドキドキし始めた。

「こういうやり口では、やむを得ずこうなったというのではなく、始めから欺《だま》すつもりでかかったといわれてもしようがないですよ。車をあげたのも私の好意です。その好意に対して名義を書き換えないで、行方をくらましてしまうなんて、そのわけを説明して下さいよ」

何をいっても彼女は答えない。ただスタスタと歩く。ヘタに何もしゃべるなよ、とKにいわれて来たのかもしれない。気がつくと彼女は一言も謝罪の言葉を口にしていないのだ。こいつはアホか？　だがうつむき加減の横顔を見ると、何たることか、口のあたりに薄笑いの影が漂っているではないか。

つくづく考えてみると、こういう場合、一度も声を出さぬということは一番賢いやり方なのである。かつての私は借金取りからあれこれ事情を話されると、つい、いってしまったものだった。

「それはうちの主人が悪い。あなたが怒るのは当然ですわ。だいたいあの男はね……」

と借金取りと一緒になって散々、夫の悪口をいいまくり、

「奥さん、そう思うんなら、あんた、何とかしなさいよ」

といわれて仕方なく会社の負債の肩代りをしてしまった。こういう時、「おしゃべり」は損をするのである。黙っているのに限る。何をいわれようと無言の行を決め込む。すると相手は根負けして諦めるのである。

Kの細君はそれを知悉《ちしつ》しているのかもしれない。彼女はそれをKに教えられたか？　経験で悟ったか？　それとも彼女はただふてくされているだけだったのか？……

駐車場は割合遠い所にあった。十分余りも歩いただろうか。人通りのない明るい舗道に沿って広々した駐車場があった。車は殆ど出払っていて、四、五台があちこちにあるだけである。その中に、あれ懐かしや。我が安モン車がお尻をこっちへ向けて秋の陽を浴びている。「品川はの四六―四五」野犬収容所で飼犬に廻り合ったような懐かしさだった。

細君は相変らず無言でスタスタと車に近づき、トランクの中の物を取り出し始めた。紙袋やら箱やら、そして最後に赤いケースに入ったラケットを小脇に挟んだ。

ラケット！

彼女はテニスを楽しんでいたのか！

この車に乗ってテニスクラブへ行っていたというのか！

花柄のパンツを穿いて！

まことに無言に勝る力はない。私は敗けた。そうして私もまた無言になって車に乗り込み、Tさんもまた無言のまま運転席に坐って車は発進したのであった。

翌日、Tさんは廃車の手つづきをしてくれ、そうしてすべては（わけのわからぬままに）終了した。

なに？　百万円の方はそのままじゃないかって？

それは私の中ではもう終ってしまった。

——仕方ない、百万円ぐらい。ま、エエわ……。

と呟く。百万円「ぐらい」と口に出すと、たいした金額ではないという気持になるのだ。（豚肉の安売りをやっているから買って来てといっているのに、娘が別の店で高いロースを買って来たといってカンカンになったりしているくせに）

「あんたは一万円以下の金でないと価値がわかんないんだよ」

と中山あい子はいった。

多分、私はKが好きなのである。彼は気さくで親切だった。飛行場の送り迎えをしてくれた。二時間も治療して五千円しか取らなかった。東京から逗子まで来てくれても五千円だった。（焼肉屋で塩タン、勝手に追加注文したけれど）私によく尽してくれた。私が熱を出して寝ていた夜、中華粥のアツアツを持って来てくれた。（彼のおばさんとばあさんは竹輪一籠、食ってしまったけれど）私が風呂場ですべって転んだ時、夜中の十二時なのに来てくれて、腫《は》れ上った腕に気を籠めてくれた。（「気」というものは目に見えないから、本当に籠ったかどうかはわからないけれど）

喧嘩ばかりしていたのに女房が死ぬといいところばかり思い出す男のように、いやなことは消えてKの親切や優しさが私の中に蘇ってくる。

つまりKは私の中で死んだのだ。

死んでしまったからKにはもう、何の怨みもない。Kが幽霊になって出て来たとしたら、私は何ごともなかったように、

「あら、しばらく、懐かしいわねえ」

というだろう。

それから冬が過ぎ春がきた。十二月にひいた風邪がこじれて微熱が取れず、私は春ま

で寝込んでいた。寝込んでいるので身辺は平和である。庭の白梅が散って平熱に戻った頃、電話が鳴った。

「もしもし、佐藤さんですか？　愛子先生ですか」

中年女性の声がいう。

「読者の者ですが、あの、突然ですけど」

「ハイ、何でしょう？」

「わたくし、この頃、主人を殺したいと思っているんです……」

「はあ……なぜですか」

「主人は去年停年になって以来、毎日、もう昼間からお酒を飲むんです。夜も勿論飲みます。その後姿を見てるとわたくし、ムラムラと殺したくなるんです。青酸加里で病が癒えると待っていたように来るべきものが来はじめる。私は殆ど我が運命《さだめ》に感心する思いだ。危い、危い、ここで乗り出しては巻き込まれるぞ。

そう思いながら私は、

「青酸加里ねえ……。しかし簡単に手に入らないでしょう……」

などともう受け容れ態勢になっているのだった。これはもう殆ど趣味を通り越してビョーキと娘はいう。中山あい子も。

作りハクション

今年も花粉症の季節がきて、朝からティッシュペーパーの箱を傍に、

「ハ、ハ、ハ、ハ、……」

とクサメの大噴火が起る前の、出そうで出ない鳴動ともいうべきムズムズと戦っていると、孫はびっくり顔で私の傍に立ってまじまじと見ている。

「ハ、ハ、ハ、ハ、ハークション！」

やっと爆発が起り、水洟《みずばな》が飛散するのをティッシュペーパーで押える。それを見ていた孫はふといった。

「おばあちゃん、どうしてティッシュの紙は取ると次が出てくるの？」

不思議そうにいう。

そういわれてみればティッシュペーパーというもの、最初の一枚を取り出すと次のペーパーがひょこっと頭を出す。それを取るとまた次が……という具合に際限なく出てくるものだ。だが「どうして？」と訊かれると答に困る。ティッシュペーパーの束を箱から摑み出して説明すればわかるだろうが、そういう面倒くさいことはしたくない。（児童教育の先生は「幼児の疑問に対して親は面倒がってはいけません」とおっしゃるが）

「ねえ。どうしてェ？」

孫は答を催促する。子供というものはおとなは何でも知っていて、訊けば必ず答えるものと信じているのである。

「ねえ、おばあちゃん、どうして紙を取ると次が出てくるの？」

孫はまだやってる。

「うーん、それはね、ハ、ハーハーハークショーン！」

このハークションは「作りハクション」である。花粉症も時には便利なものだ。その大爆発に驚いて孫は向うへ行ってしまった。

だが暫くするとまた「おばあちゃん」とやって来る。

「おばあちゃん、約束はどうやって破るの？」

どうやって破るのといわれてもねェ、と私はまた困る。当り前のことながら約束は紙や布ではないのだ。それを何といって呑み込ませよう？

私はこっそり広辞苑を開く。

――やくそく（約束）

○くくりたばねること。

○ある物事の将来に関して取りきめること。

○種々のとりきめ。規定。

こんなもん、役に立つかいな。ああ、どこかに「子供向広辞苑」というものはないものか。

「つまり、約束というのは……モノではなく……つまり……ええとォ……そうだ、指キリゲンマンのことよ。こうやって小指をからませて、指キリゲンマンってやるでしょ」

「ゲンマンってなに？」

「……」

「ゲンマンてなに？」
としつこい。
私は思い出す。娘が今の孫くらいの時だ。その頃、私は毎日気が立っていた。気が立ちながらそれでも娘を寝かせつける時、歌を歌っていた。
「月夜のたんぼで
コロロ　コロロ
コロロ　コロコロ　なる笛は
あれはね　あれはね
あれは蛙の　銀の笛
ササ　銀の笛……」
私はこの歌が好きだったのだ。娘は目をつむって静かにしている。やっと眠ってくれたかとほっとする。と、突然、娘はパッチリ目を開けていった。
「ササってなに？」
私は詰る。
「ねえササってなに？」

「ササってのは、ササってのは……ササはササよ」

「ササはササってなに？」

「ササはサササの……エイ、もう、うるさいなあ！　早く寝なさいッ！」

と怒った。あれを思い出すと私は慙愧《ざんき》の念に駆られる。哀れ、四歳の娘は四六時中、殺気立っている母親が撃ちまくる鉄砲の流れ弾にしょっちゅう当っていたのだ。

その点私の母は鉄砲を撃ちまくることもなかった代り、子守歌を歌って寝かせつけてくれたこともなかった。子供（つまり姉と私）が生れても（母乳が出なかったこともあるが）すべて乳母まかせだった。乳母はこんな子守歌を歌ってくれた。

「ねんねんよう　おころりよ

坊やはよい子だ　ねんねしな

小さいとーきに　母さんがァ

お耳をくわえて　引っぱったァ

それでお耳がなーがいの……」

お母さんはなんでお耳を引っぱったん？　と私は何回も乳母に訊いた。その度に乳母はこともなげに、

「なんでやろと思いなさるのんか？　ああ、かしこいお嬢ちゃんやなあ……アホやったら、なんでやろなんて思わへんわ、ほんまにお嬢ちゃんは天才や……」

そういってごま化したのである。

私は母のところへ行ってその質問をした。すると母はいった。

「なんでやろて？　そら引っぱりたかったから引っぱったんでしょうが」

「なんで引っぱりたかったん？」

「そら、そのお母さんに訊いてみんとわからへんわね」

母はまた質問の答に詰るとこんなこともよくいっていた。

「おとなのわたいが知らんがな」

当時はやっていた漫才師のボケの方が、何かというとその台詞を口にして笑いを取っていた。母はその台詞を使ってごま化していたのだ。

そういうはぐらかしの記憶が横たわっている私は、孫には納得のいく説明をしてやりたいと思っている。しかし、「ゲンマン」についての説明はなかなかむつかしい。

「ゲンマンが何か知りたいってかいな。ああかしこい子やなあ、アホやったらゲンマンとは何やろなんて思わへんわ。この子は天才や！」

といってごま化す、そんな芸当は私には無理だ。

「おとなのわたいが知らんがな」

といっても、この孫のことだ、

「おとなのわたいってなに？」

とくるだろう。

仕方なく手もとの広辞苑をばまた開く。よしんばあったところで役には立たないと思いつつ。あった、あった、

――**げんまん（拳万）**

いつわりのない意、約束を守る意を誓う言葉。互いの小指をからみあわせて言う。

ゆびきり。

そこでいった。

「ゲンマンというのはね、約束をする時にいう言葉なのよ。ゲンマン、ゲンマン、約束しましたよ、しましたよ、ということ……」

孫はいう。

「約束ってなに？」

「だから、約束というのは……」
ハ、ハ、ハ、ハークション！
仕方ない、作りハクションで撃退するしかないのである。

ところで、話は変るが、ある日一通の葉書が来た。差出人の名前も住所も書いてない葉書である。宛名は「佐藤愛子様方『王様の耳はロバの耳』係御中」とある。文面はこうだ。

「義母さんへ。

私はあなたが嫌いです。好きではない人はたくさんいますが、嫌いな人間はアンタだけです。もしも火事になって一度だけ火の中へ入れたらアンタと子供達の成長アルバム、どちらをとるかといったら後者を選びます。

一生、良心の呵責《かしやく》にさいなまれながらでも」

私の所には「王様の耳はロバの耳係」などもとよりない。この人は私を「王様の耳はロバの耳」と床屋が秘密を吐き出した「木のウロ」だと思っているのだろうか。だとしたら認識不足も甚だしいではないか。一旦、佐藤愛子の目に触れ耳に入ったことは、すぐさま天下に吹聴せずにいられないタチであることくらい、(葉書を寄越すのだから多少はどんな人間かわかっている筈) 知っていてほしいものだ。

「私のウロは底が抜けてるウロなのだ」

とこの人にいってやりたい。

だが、と考え直した。

もしかしたらこの人は、それをよく知っていて、だからこそこの葉書を寄越したのかもしれない。「おしゃべり佐藤」と見込んで、姑への憎悪を天下に向って吹聴させようと企んだのかも。

そういえば先に書いた「夫を殺したい」と考えているという人、あの人も本当に殺したいと考えているわけではなく、相談の形をとって電話をかけて来、私が本気になって相手をするのを聞いて、溜飲を下げようと考えてのことだったのかもしれない。おしゃべり佐藤は必ずこのことを何かの雑文に書くだろうから、その時はそれを夫に読んで聞かせ、

「あなた、世の中にはこういう人もいるのねえ。でもどことなくうちと似ているところがあるわ。ホッホホホ」

などとやりたいのかもしれない。世の中には溜飲を下げたい人がいっぱいいて、私はその人たちのお手伝いをしていることになっているのかもしれない。

若い時分、散々好き勝手をいって（好き勝手をしてではなく、私の場合はいって）人サマに迷惑をかけてきたが、そんな私にもこういう使い道があったのだ。世の中、何が役に立つかわからない。ゴキブリだってあんた、よく考えたら人の役に立つ道があるのかもしれないよ、ゴキブリも長い目で見ることですよ、などと娘を相手にいう。

これは七十二歳の感懐である。何でも簡単に否定すればいいというものではないことを、七十二年かかってやっと私はわかったのである。娘は黙って聞いていて一言。

「殺人教唆《きょうさ》の罪に問われたりしないでね」

孫はそんな会話の傍で、今日はおとなしく「お絵かき」をしている。絵を描くことになぜ「お」をつけるのか、前々から私はこの言葉に落ちつきの悪い思いをしていて、昔、批判の文を書いたこともあったが、今は孫が当り前のように「お絵かき」といっているのを聞いているうちに、ま、いいや、いろいろこだわらなくても、という気持にいつかなってきている。人間て馴れるものですなあ。

その「お絵かき」をしながら孫はいった。

「お日さまって、なぜ赤い色を塗るの？」

「赤いからよ」

と娘。

「なぜ赤いの？」

「火の玉だからよ」

と私。

「火の玉は赤いの？」

「そうよ」

「なぜ火の玉は赤いの？」

うーん、と私は絶句する。

「火の玉はどうして赤いの？」

その時娘はいった。

「モモちゃん、あんた、今日はウンコ出たの？」

孫は簡単に火の玉を忘れ、

「ウーンコウンコ
今日もウンコが出ましたよォ」

と歌になった。この頃孫は何でも歌にする。

「今日のウンコはどんなでしょう？……」

娘も歌で応じる。孫はつづけて歌った。

「モチロン、バナナの形ですゥ……」

なるほど。こういうごま化し方もあったのか！

母、私、娘──。三代つづいてごま化し方に苦労している。

「幼児の心理学」とか「四歳児の育て方」というような育児書は沢山あるが、それより「質問のごま化し方」という本はないものか。私はそれを探している。

止まらん病

もともとせっかちな性分だったが、年と共にそれが高じてきて、いったい何をそう急ぐんだ？　と自分で自分に呆れながら、ハアハア息を切らせて追われるように歩いている。

昔のクラスメイトなどと一緒に出かけても、とてもみんなと一緒に歩みを揃えてなんかいられないから、タッタッタッと先に歩いて（友達はもう諦めて気にしない）右へ行くか左へ行くのかわからない所で立ち止まって、みんなが来るのをイライラして待つという有様だったことが、四十代の私の雑文にある。

その頃はただのせっかちですんでいた。元気の証拠と感心されたりもした。だが齢《よわい》七十二歳。体力は衰え脚力もかつての力を失っている。にもかかわらず気持は常に急《せ》いていて、駅などでもエスカレーターに乗らず、フウフウいいながら必死で階段を上っている。エスカレーターに立って何もせずにじーっと運ばれているのが我慢出来ないのだ。

このせっかちはまさしく病気であると、この頃思うようになった。せっかちというよりもこれは「止《と》まらん病」とでもいうような病気であろう。一旦歩き出して勢いがついてくると、すぐには止まらないのだ。

私は朝から午後五時近くまで、昼食の時を除いてはずっと机に向っている。五時近くなると頭も腰も石のようになってきて、風呂に入りたくなる。そこで立ち上って浴槽に湯を入れるのだが、一旦風呂に入ろうと思ったが最後、浴槽に湯が満ちるまで待てなくなる。私の書斎は寝室も兼ねているが、風呂場には脱衣室がついているにもかかわらず、私はもう書斎で着ている物を脱ぎ始め、裸になってタッタッタッと風呂場に向ってまっしぐら。脱衣室は通過するための場所になっている。歩きながら手拭いかけのタオルをひったくり、タッタッタッと流し場をつき進む。（といっても僅か三歩か四歩だが）進みつつ必死で身体を右にひねる。浴槽は右手にあるために右にひねるのであって、ひねらなければ（何しろ勢いがついているから）前方の窓につき当ってしまう。それでひねって、ボチャーン。ひねってとっさに浴槽の縁を跨《また》ぐのも必死で、風呂に「入る」というよりも「飛び込む」という趣になっている。

当然のことだが、歩く速度をゆるめればそんな曲芸みたいなことはしなくてもよいのである。だが、それが出来ない。つまりブレーキの利かない中古車なのだ、私は。黙々と突進し、黙々とひねり、ボチャーンと落ちる。いったい何をやってるんだ私は、と思いつつ、浴槽にはまだ半分くらいしか湯が入っていないので、ヒラメのように平べったくなってほーっと息をついている。

この病は町中や駅の混雑の中では重症となる。気に入った速度で真直《まっすぐ》に歩けない苦痛のためだ。だから滅多に外出はしないが、先日やむを得ぬ所用で外出し、タッタッと用をすませてまっしぐらに帰途についた。地下鉄の三軒茶屋駅に降りる。降車の人群と共にどっとプラットフォームに吐き出され、その第一歩からタッタッタッ。みるみる人群を引き離し、階段をタッタッタッ、改札口もタッタッタッ。広場を右へ曲るとまた階段だ。この階段はなかなかの難関である。長くて段が高い。そこをタッタッと上って行った。半ば頃までは勢いに委《まか》せて上って行ったが、やがて膝はガクガクし始め、鉛をぶら下げたよう。息切れして心臓は口から飛び出さんばかり。

だがそこが止まらん病のすごいところで、今にもぶっ倒れそうになりながら、タッタッタッはつづくのである。さっきから私の前方をタイトスカートに詰め込んだはち切れそうなお尻がのたりのたりと上っていたが、それが忽《たちま》ち目の前にきた。向うはのたりのたり、こっちはタッタッタッタッ。このままでは当然、私はお尻に追突する。それはわかっているが私の脚は止まらん病。

あわやという時、私は上半身をひねり、はすかいに身を反らしてお尻にぶつからぬよう、右脇をすり抜けて、タッタッタッと地上に向って上って行ったのだ。後で気がついたらその時、階段の壁でこすったブラウスの袖がうす黒く汚れていた。

それにしてもなぜ私は右脇をすり抜けたのか？　左側ならなにもはすかいにならなくてもゆっくり通れる間隔があったのだ。つまり私の脚は右に向って止まらん病になっているのである。

大分前のことだが、どこかのデパートのガラス壁をブチ破って突入して来た青年のことを新聞で読んだ記憶がある。その時はガラスがあまりにも綺麗に拭かれていたために、青年はガラスがないものと思って突入してしまったのだと説明されていたが、かの青年は止まらん病だったのではないか？　今、私はそう思う。

「けど、その年でそんなにタッタカ歩けるなんて、元気がある証拠よ」

と慰めてくれる友達がいる。かと思うと、

「うちの親類にボケたおばあさんがいてねえ。やたら放浪したがるんだけど、一旦外へ出たが最後、早いの早くないのってトットコトットコ。追いかけるのがたいへんなの」

といやなことを平気でいう友達もいる。

「パーキンソン病というのがあるわねえ。ほら、信号が赤でみんな止まってる時に一人だけトコトコ歩いて行くんだって。歩き出したら止まらない病気。何でも脳ミソから出る何とかって物質が涸渇するとかいうんだけど、はっきりいって老化現象よね。気ィつけてよ。まさかそれの始まりじゃないでしょうね」

と皆で心配してくれる。

「気ィつけてといわれてもねえ。老化ならしようがないでしょッ」

私は憤然となる。娘は、

「えーッ、タッタカ歩いて止まらん病？　ママらしいねえ」

と喜んでいる。

「チャップリンにそういうシーンなかったかしら。ありそうよね」

「講演に行って、拍手で迎えられながら演壇を真直歩いて行く。そしてそのまま止まらずにタッタッタッと通り抜けて行ったりして」

と自分でいってヤケのヤンパチ。

そもそも短気せっかちがいけないのだからと、何ごともゆるやかに身体を動かすように心がけることにする。四つの孫と一緒だとゆっくり歩くことになると思って孫を散歩に誘うが、帰って来た時は疲れてものもいえない。無理なのろのろ歩きは身体にこたえるのである。


愈々、「その時」が来たのである。そろそろ老人病が出てもいい年になっているから、覚悟はしていた。脳の血管が詰るか、心筋に異変が生じるか、腫瘍、結石、糖尿病、骨粗鬆症《そしょう》、何が起きても不思議はない。だが何たることか、「止まらん病」になるとは。

だが何にせよ、我が人生の終幕のカーテンは上っているのである。

憮然として庭に目をやればタローがのたーッと寝ている。

「タロー」

と呼ぶがビクともしない。この頃は耳が遠くなっているのだ。目には白内障が出ている。人の顔もはっきりと見えてはいないらしい。かつての大飯喰いの影もなく、食器にはいつも食べ残しがある。

ああ、あの頃はよかった。しみじみ私は思う。お互いに元気横溢していた。私は毎日、原稿書きの合間にカタカタカタと庖丁の音も軽快にヒネたジャガ芋と昆布のだしがらを刻んだものだ。魚のアラと一緒にグツグツ煮たものだ。前夜のおかずの残り、野菜屑、何でもかでもブチ込んで、(固くなった饅頭まで入れたことがある)

「さあ、タロー。おあがり。おいしいよ。十色の味がついてるよ」

とさし出せば、タローは喜んで、今は死んでしまったがメス犬のチビと共に競争のように食べて満足していた。ヒネジャガとだしがら昆布に飽きていやな顔をするということは一度たりともなかった。

なのに今、タローはのそーッとやって来て与えた食事をクンクンと嗅ぎ、

「なんだ、こりゃ」

といわんばかりにプイと横を向くのだ。今タローに与えているのはコロコロのドッグフードに牛だの鶏レバーだのヒキ肉だのの缶詰である。この家を改築する間、一年間預

かってもらっていた新津の動物病院で上等のドッグフードの味を覚えたためか、それとも年老いて食欲が衰えたのか。

ジャガコブ飯を見向きもしなくなったので、仕方なくドッグフードを買って来てやる。それでもさもいやそうに一度はプイと横を向き、それからしぶしぶといったそぶりで食べるのを見ると私はムカつく。毎日、だしを取った昆布を捨てるたびに、

「ム、ム、ム……」

こみ上げる失望と怒りを抑えかねるのである。タローの残したドッグフードを鳩や雀や尾長がやって来ては食べているのを見ると、

「ム、ム、ム……」

またアタマにくる。いったいこのドッグフード、なんぼやと思てるのや！

書斎にいても気になる。小鳥どもはまあ許すとしても、烏が食うのは許せない。ガラス戸を叩いて、

「こらァ」

と怒鳴るが、烏は平気だ。烏を追い払うために蝿叩きを持って庭に出る。だがタローは寝そべったまま、私と烏の喧嘩を上目遣いに見ているだけだ。

何をやればタローは昔のように喜んで食器に口を突っ込むのか。私は肉屋へ行って鶏のレバー、豚のバラ、牛肉などいろいろ買って来て煮てやる。だがタローは、

「なんだ、こりゃ」

だ。魚屋へ行って鮭のアラなんぞではなくマグロのナカオチなんていうのまで買って来た。なのにタローは、

「ふン」

だ。その様はヨメにいやがらせをしている拗《す》ねたジジイみたいだ。

ある日、私は冷蔵庫の奥に筍《たけのこ》と豚肉を炒めたものがタッパーに入っているのを見つけた。数日前に作って忘れていたのだ。嗅いでみたが悪い臭いはしない。そこで火を入れて昼食に食べた。残ったのを煮直してタローにやることにして、水を加えて煮ていると、娘が二階から降りて来た。

「なにィ？　この臭い。いやな臭い。何が腐ったの？」

「腐ったものなんかないわよ。筍と豚肉の炒めたのがあったから煮てるのよ、タローに」

「えーッ！　タローにィ？」

娘は大袈裟な叫び声を上げた。

「可哀そうにタロー。やっとジャガコブ飯がなくなったと思ったら、今度は腐ったおかず？」

「なにいってるの。お昼に火を入れて食べたけど何でもなかったわ」

「食べたァ？」

娘は顔をしかめ、

「信じらんないよ。こんな臭いのもの食べて平気なのォ？」

「何ともないって。味はちょっと落ちてたけど」

「これがァ？　これが何ともない？　この臭いがわからない？」

娘はいった。

「これじゃあタローだって、『なんだ、こりゃ』って横も向きたくなるわ」

老化は嗅覚からくるから気をつけよと娘はいう。これからはタッパーの上に料理した日付を書いて貼っておけという。

その臭いなるもの、私は信じられない。娘のハナがヘンなのじゃないかと思う。タローに食べさせてみよう。犬の嗅覚は人間の何倍も鋭いというから。とにかくタッパーにいっぱいあるのだ。むざむざ捨てるのは勿体ない。娘が見るとうるさいから、こっそりタローの食器に入れておく。暫くして見に行くと、なんと、なめたようにきれいに食べてあるではないか！　思わず叫ぶ。

「ごらん！　タローがこんなにきれいに食べたよう！」

「食べたァ？」

娘はあんぐり口を開け、それからいった。

「半ボケのじいさん犬とばあさんが仲よく腐った残りもの食べて平気でいるってわけ？ほんとに何ともないの？」

何ともない。腹痛《はらいた》も下痢もない。だからこれでよいのである。私は「タロー」と呼びかける。昔、共に闘った戦友に呼びかけるようにしみじみと。だがタローはそ知らぬ顔。

「おい、タロー」

大声でいっているのにタローはどこ吹く風と空を見ている。

愛想がいいわけ

歩くのが速いのと声が大きいのとで、人はみな、いつまでもお元気で結構ですね、という。

「はあ、いやあ、そんなことないんです。ついにボケがきてるんです」

真面目にいっているのだが、相手は「アハハハ」と笑う。つまり「ご冗談を」という代りの「アハハハ」なのだろう。そのようにしてイナすのが人とつき合う上での礼儀だと考えてのことかもしれないが、私にとっては真剣な問題なのだから真剣に対応してもらいたい。

「えーッ、ボケが始まった？　はーア。こりゃ大変だ……」

と心配そうにしてほしい。

「そもそもの始まりは固有名詞が出てこないことです。人の名前なんか、昔知り合った人の名前しか頭にないんです。せめて同業者の名前くらいは憶えておきたいと思うんですけど、こう文学賞が多くて次々に受賞者が出て文壇に登龍してくると、とても憶えきれません。誰が誰やらさっぱりわからん……。だいたい賞が多過ぎますよ！　昔は少なかったから憶えられたんだ……」

と文学賞の多いせいにする。

「同業者ばかりじゃない。雑誌の数も多過ぎる。出てはつぶれ、つぶれては出しているものだから、混乱のキワミですよ。つぶすくらいなら始めから出すなといいたい。昔は雑誌の数が少なかったから憶えられたんだ……」

つまり人間の……というより私の脳は収容量に限りがあって、裏街の雑居ビルのエレベーターみたいに、すぐ満員になってしまうらしい。人間の脳細胞は一日に何万個やらが死んで行き、死んだあとは再生しないために記憶力が減退するのだというけれど、私の脳はもともと裏街のビルのエレベーター並であるから、いっぱいになったら犬の子一四の名前も入らない。無理に入れようとすると、エレベーターの場合は警報が鳴るけれども、私の場合は突然空白になって機能しなくなってしまう。ボケるとはそういうことなのだと私は思う。

先般、岩手県の山村へ取材に行った。そこはそば屋も茶店もパン屋もない山奥で、役場の隣りにあるドライブインが唯一の休憩所であり食事処であるという僻村だ。泊る旅館とてなく（一軒あるが満員ということで断られ）山田線という電車で盛岡市から二時間、反対側の宮古からは一時間、そのどちらかに宿泊して通わなければならないという取材だった。取材の前に北上市に用事があり、それを終えた足での取材だったから疲労が重なっていた。

とても電車で往復はしていられない。二日目は宮古に泊ってタクシーを使った。ドライブインを根拠地にしているのでそこでタクシーを降り、料金メーターを見たら880と出ている。運転手に紙幣を渡すと、彼はふり返って私の顔をまじまじと見、

「お客さん、これ違います」

「違う？　どうして？」

「どうしてって、料金はこれです」

とメーターを指す。

「だからそれでいいんでしょ。八万八千円」

運転手は途方に暮れたように私を見詰めたまま口をモグモグさせている。

「料金はこれでして……」

とメーターを指す。私はじれて、

「だからこれでいいんじゃないの？　あなた、何をいいたいの？」

「……あの、八千八百円なんスが」

「そうでしょう。だ、か、ら、よ……」

やっと気がついた。

「あッ、八千八百円！」

私が渡したのは八万八千円！

「いやあ、これは……いったい、どうしたというんだろう……何をカン違いしてたのかしらん……」

慌てて八万円を引っ込め、改めて八千八百円渡す。

「すみません」と運転手。

なにも彼が謝ることはないのだ。

「これでいいのね？」

「ヘイ」

恐縮のキワミという顔。笑いもしない。ただただ固まっている。なにも八万円のピン札渡されたからといって固まることはない。私の方こそ固まりたいのだ。私はショックを隠そうとしていった。

「あなたってなんて正直なの。さっさと受け取って帰ってしまえば儲かったのに。ハハハ……」

負け惜しみの笑い声は我ながら甲高かったのである。

文藝春秋の編集者、S氏から電話がかかったのは、帰京して間もなくである。

「Sですが、ご無沙汰しています」

「あ、どうも。こちらこそ」

「お元気ですか？」

「いや、元気なのかどうか、わけがわからん状態でしてね……」

約束原稿についての様子伺いかと勝手に思い決め、どうも気に入ったものが書けないで困っているなど、しゃべりまくった。S氏は一方的に聞き役である。ぺらぺらしゃべった後、近々、食事でもと誘われ、日を約束して電話を切った時、突然一閃の驚愕が頭を横切った。

「あッ！」

思わず声を上げた。あのSさんは私の思っていたSさんと違うSさんだ！

電話のS氏を私はオール讀物の編集長だったSさんだと思い決めて、来月号は書けそうもないです、など心安だてに愚痴をいい立て、あわよくば休載にしてもらおうという下心だったのだ。同じSでもこれは頭文字だけであって苗字は似ても似つかぬ別姓である。電話のS氏は出版部へ移ったSさんなのだ。しかもである。オール讀物編集長だったSさんは、「だった」といういい方でもわかるように現編集長ではない。綜合誌の編集長として異動している。そうだ、現在の編集長は……これまたSの頭文字だ。まったくもう、なんだってこうSばっかりいるのだ、文藝春秋は……。

だいたいあの社は異動が多すぎる。やっとのことで顔を憶え、名前もしみ込み、気心も知れたと思うと、その人はいなくなって別の人が現れる。それをまた憶え直さなくてはならないこっちの苦労を少しは考えよ。私のように脳ミソの吸収力が乏しい者は混乱する。少しはボケていく方の身にもなれというのだ——。

と文藝春秋の社内方針を罵《ののし》って元気を出し、落ち行く者の寂寥《せきりょう》感を癒すのだった。

そのうち、ふと思い出したことがある。「電話のSさん」と話をしているうちに、一瞬流れ星のように「ハテ？」という「？」がスーィと流れたことだ。

かつてオール讀物編集長だったSさんはひどくノリのいい人で、いつも「面白がりたい」という気分に満ちているか、あるいは佐藤愛子と聞いただけでもう面白がる気分になる人かもしれない。昔、道で林家三平を見かけただけで笑っている人がいたが、その人のように。だからおしゃべりをしていても必ず二度や三度は笑う。笑い声を上げなくても会えばその目に、電話では声にそれが滲み出ているというお方である。

だがあの時、電話のS氏は決して笑わなかった。あくまで生真面目に礼儀正しくボケた私におつきあい下された。その礼儀正しい声を聞いているうちに、「ハテ？」の流れ星がスーイと流れたのだ。これは？　ハテナ？　と一瞬思いはしたのだが、途中で止ることが出来なくてハテナ？　おかしいぞと思いつつしゃべりつづけていたのだ。

——やっぱり、ハテナ？　どこかちがうと感じた私の感性は適確だった。ああ、こういう感性だけはまだボケていなかったか……。

私はそう思い、崖っ縁を歩いているような動揺の中で少し慰めを得たのであった。

私は自分のボケをいろんな人にしゃべらずにはいられない。黙って隠していて、この頃佐藤愛子、少しボケてきたんじゃない？　この間もネ……などと他人《ひと》の口端にかかる前に、自ら公開しておいた方が話が早いのだ。そうすれば人はみな呑みこんでくれて、多少おかしな食いちがいがあっても納得してくれるだろうからいっそらくである。

長い間の親友だった故川上宗薫は自分がケチであること、世間智のないこと、そして何よりも女好きであることを常に公開していた。好みの女が現れると、酒の席、電車の中を問わずその目からヨダレが垂れた。すぐにチョッカイを出して肘テツを喰《くら》う。肘テツ食ったいきさつをすぐにしゃべる。書く。

「この方がらくだからなあ」

と川上さんはよくいっていた。隠すより全部見せた方がらくなんだよ、と。

癌になった時、川上さんはその事実をチラシ（？）にして配布した。

「ガーン！……

癌になった……」

という書き出しだった。例によって記憶が定かでないが、この「ガーン！」だけは確かだ。忘れようとしても忘れられない「ガーン！」だ。

「ガーン！」

と書き出した時の川上さんの気持を思うと私は粛《しゆく》として声なし、という趣になる。

その後川上さんは『癌になって悪いか！』という本も書いた。癌だ癌だと騒ぎ立て、その分、川上さんは「らく」になろうとしていたのだ。その気持、よくわかる。

私はいう。

「まだ今のところは自分のボケに気がついてるけど、そのうちに気がつかなくなる。すると本格的ボケに入ったことになります。今はギリギリのところにいるんです。そのつもりで覚悟しといてね」

ボケの厄介なところは、川上さんのようにいさぎよく、

「ガーン！　ついにボケた！」

とキリをつけられない点だ。

「ほら、あの女優、なんて名だっけ……整形で鼻を変えて、それが大きくし過ぎて、鼻

の大きさと鼻の穴とのバランスがとれてない人……」

「○×△子」

ぶっきらぼうに娘に教えられ、

「あ、そうそう、○×△子だった……」

と思い出すが、また数日して、

「あの女優、何ていったっけ、鼻の整形をして、鼻孔とのバランスが……」

「○×△子」

「あっそうだ。この前も聞いたね」

また数日して、

「あのほら、整形で鼻を……」

「○×△子」

いい加減に憶えてよ、とはもはや娘はいわない。

なぜ○×△子のことをそう話題にしたかというと、若い女どもはやたらに整形したがるが、○×△子の鼻を見よ。あれを結構な鼻だと思うのか、と整形についての反対意見を述べる時に必要だったのだ。

「ママ、整形で鼻を高くして、鼻の穴とのバランスがとれてない女優の名前、いってごらん」

娘は時々意地悪をして、そんなテストを私に向ける。

「どうだってよろしい。そんなことはもう……」

と私はいう。勿論、そんな名前、いえるわけがないのだ。

「整形なんかしようがしまいが、ひとの勝手、という気持になってるのよ、この頃は。もう何もいいたくない。老兵は死なず、消え行くのみ、だ」

この頃言葉少なになっているのは、人の名前や固有名詞が思い出せないためである。

「この頃、佐藤さん、愛想よくなったわね」

といわれる。何かしゃべろうとすると固有名詞が出てこない。それをごま化すためにはニコニコしているよりしようがないのである。

タローは死なず

七月のはじめ、一週間ばかり籠って原稿を書いていた逗子の仕事場から急に帰宅した。帰宅予定日よりも一日早いので、原稿はまだ書き上っていない。だが、たまたま訪ねて来た友達が帰る時に、ふと一緒に帰ろうという気になったのだった。

夕方、雨の中を帰途につき、帰り着いた時はとっぷり日が暮れていた。逗子でし残した原稿のつづきを書いているうちに深夜になった。雨はまだ降りつづいていた。

夜半過ぎ、庭でどさっと物が倒れるような音がしたが、気に留めずに仕事をつづけた。こういう時、たいていの人はすぐに見廻りに出るらしいが私はいつもほうっておく。夜盗のたぐいであればそのうち家の中に入って来るだろうから、その時に対応すればよい。賊と戦って勝てばそれでよいし、負けたら負けたでかまわない。その時の気運に委せるのがよい。

人生七十三年近く生きたのだ。たいていのことは経験してきた。おかげで欲しいものも、楽しいこともない代り、怖いものもなくなった。来るものは何でも来たらええ……そんな気持になってしまった今日この頃なのである。

物音は二度した。雨は降りつづいている。そのまま私は寝た。

翌朝になっても雨はまだ降っていた。八時に目が醒め、テラスへのカーテンを開けると、いつもそこに寝ているタローの姿が見えない。この雨にどこへ行ったのかと庭に出て、雨の中を探し廻った。といってもそうたいして広い庭ではないから、ぐるーッと見廻せばすぐに見つかる筈である。だが名前を呼んでもタローは出て来ない。

タロータローといいながら、裏庭から前庭へと家に沿って廻って行くと、そこの狭い通路、小さな庇《ひさし》の下に身体を横向きに投げ出しているタローを見つけた。ぐったり四肢を投げ出して目を閉じている。

「タロー」

と呼んだが動かない。次の瞬間私は家の中へ駆け戻り、階段の下から二階へ向って、

「タローが死んでる!」

と叫んでいたのである。

「えーッ」

という声と一緒にムコどのがパジャマのままどたどたと降りて来た。

「死んでるんですか! どこで!」

「向う……前庭へ出る途中……」

ムコどのは雨の中を走ったが、すぐ、

「お母さん! 死んでませんよ!」

という声が聞えた。私はその時、タローの死骸を包むタオルケットの古手を探していたのである。

「えっ! 死んでない?」

驚いて走って行く。

「タロー」

と呼ぶと、さっきは閉じていた目を薄く開けた。起そうとしたが動かない。立てない

のだ。抱き起そうとすると首が右の方へ曲る。ムコどのと娘で、あり合せの段ボールに入れ、車で近くのアニマルクリニックへ連れて行った。

間もなく帰って来て、入院させたという。アニマルクリニックの女医先生は運び込まれたタローを見て、

「まだ生きてたんですか！　この犬は……」

と驚愕されたという。十二、三年、いやもっと前になろうか、タローは女医先生から去勢手術を受けたのだ。その後フィラリアの予防注射を促す葉書など貰っていたが、そのままほうっておいたのだ。

タローは後脚が立たず、首が右に曲っている。舌も動かない。これは小脳に腫瘍が出来ているか、さもなければ殴打されるかして小脳が圧迫を受けた状態だという。人間でいうなら脳梗塞のようなことになっているらしいと娘は報告した。

私の留守中に殴られたかどうかはわからない。あの夜中のどさっという物音がした時、侵入してきた賊と戦ってあえなくイッパツ喰って敗退したのだろうか。それとも斃《たお》れつつも賊をやっつけて逃走せしめたのだろうか。あるいは寄る年波、人間でいうと九十近い年だ。愈々最期の時が来たことを察知してふらふらと歩き出して突然倒れたのか。忠

義の犬猫は飼主の目の届かぬ所へ死にに行くという。あわれタローは死場所を探してうろうろし、ついにあの場に力尽きたのか……。

思えば長いつき合いだった。タローが来たのは娘が大学一年の時、その頃飼っていたチビを散歩に連れて行った時にトコトコついて来て一緒に家の中に入り、我が家を自分の家と勝手に思い決め、外へ出しても出してもいつか戻って来て門の外に坐っている。

「犬が出てますよ！」

と近所の人から注意され、

「うちの犬じゃないんですッ！」

と腹を立てたこと幾たびか。面倒くさくなってそのまま居つかせた。だから生れた年月がわからない。うちの犬のつもりでいるらしいから名前をつけてやらなければならなくなり、考えるのも面倒でタローにした。たしかその頃いた家事手伝いがつけたのだ。

ついでのように飼われて、飼主である私の「そっちはそっち、こっちはこっち」というつき合い方にタローは馴れた。一度も散歩に連れて行かないが、庭に放したまま、鎖に繋いだことは一度もない。あくまで自由に生きたい私は、飼犬も自由にさせたいのだ。暇があると私はタローに向っていったものだった。

「タロー、あんた、恩返ししなさいよ……」

タローは聞えているのかいないのか、いつもノターッとしてあらぬ方を見ている。

「大飯喰ってチリ紙交換の呼び声に合せて吠えるだけだなんて、恥かしいと思いなさいよ」

といったり、それに、それに、いつも自慢にしていたあのタローのごはん。読者諸氏は既に百もご承知だろうが、もう一度いわせてください、ザンゲさせてください。

北海道から送ってくるジャガ芋の、食べ切れずに芽が出て、やがてヒネてシワシワになっていくのを水でもどして刻み、昆布のだしがらを（捨てるのが勿体ないからとて）細かく刻み（手伝いが刻むと刻み方が粗いので必ず自分で刻み）雑魚のアラと一緒に煮こんだ上に、我々のおかずの余りものを（捨てるのが勿体ないからとて）何でもかんでもブチ込んで、（娘はタローはディスポーザーか、といった）

「さあ、栄養満点よ、おあがり」

と声だけは優しく、味は……どんな味なのか想像もつかないものをやりつづけた……にもかかわらずタローはいつも尻尾をふって喜んで食べ、食器は常になめ尽されて洗う必要もないくらいにきれいになっていた。のみならず私はそれを自慢にし、自分の勿体ない病を正当化するためにドッグフードを目の仇にして、「あれは犬を毒するものです！」などと根拠もなくいいふらしていたのだ。

今、タローが死に瀕しているとなると、俄《にわ》かにあのことこのこと、つまりあんまり可愛がらなかったことが思い出されてきて胸が絞られるのである。

アニマルクリニックに入院したタローは、食欲がなく舌も動かないので薬も飲めない。点滴によって栄養と薬を与えられている状態である。だがいろいろ検査した結果、内臓はどこも全くキレイで、とてもじいさん犬とは思えない若さを保っていると聞いて私はいくらか気が晴れた。早速、

「ごらん、昆布とヒネジャガごはんのおかげよ！」

といえば娘は間髪入れず、

「そういうだろうと思ってた」

しかし今のところ、タローの病気の正体はわからない。ぐったりと一方を向いたままで何も食べないので、先生は床ずれを心配しはじめた。

タローの好きだったもの、カステラ、饅頭など甘いものなら食べるかと持って行っても力なく横を向くだけである。雑種ながらも凜々《りり》しい顔をしていたのが、見るからに病

み呆けたじいさん面になっている。犬好きのTさんが煮魚、焼魚、いろいろ持って来てくれるが食べない。(ので私が食べる) シャブシャブ用の牛肉もTさんから貰ったがそれも食べない。(ので私が食べた) あんまり貰ってばかりいるのもナンだからロースハムの一番上等のを買ったが食べないので私が食べる。

「つまりそういう上等のものは食べ馴れてないからイヤなんじゃないの」

と娘はいった。

一週間経った。タローは相変らず何も食べようとしないが、どうにか舌は動いて水が飲めるようになった。私が行くと身体を動かすので、ここにいるより好きな場所へ帰った方がいいかもしれません、タローは半分野性が残っている犬だから、とお医者さんにいわれて連れて帰った。帰って来たタローは半分に細くなった顔を右に傾けて、ひょろひょろと歩いた。首が右へ曲っている。

「橋幸夫だねえ」

と娘。

「いたこのいたろーオオ」

とやってみせる。

「いや、マラソンの谷口選手だ」

と私もやってみせる。ノンキねえというなかれ。とにかくタローが退院して来たので私も娘も少し浮かれていたのだ。

まずはひと安心の気分で夜を迎えた。タローはテラスに横になっている。タローと呼ぶと薄目を開ける。そのうち呼んでも目を開けなくなった。心臓に手を当てると、トン…トンと弱々しく二つ打ってあとは消える。暫くしてまたトン…トン…。そして消える。瞼を広げると白眼になっている。時計を見ると午後十時だ。私は大声で二階へ向って叫んだ。

「タローが死ぬ！」

ムコどのと娘と孫が駆け降りて来た。

「タロー、死ぬの？」

と孫が訊く。タローは家に帰って来たので安心してあの世へ行く気になったのかもしれないと私は娘にいう。娘、泣く。恩返ししなさいよ、なんてしつこくいわなければよかった、と私は思う。タローを撫でて、

「タロー、ごめんね」

という。娘は、

「タロー、ありがとう」

という。心臓の鼓動次第に弱まる。

私はタローをどこに埋葬するかを考えた。ペット専門の葬儀場というのがあるが、そんな所よりも裏庭に埋めてやりたい。裏庭なら人任せの供養ではなく私流の供養をしてやれる。裏の柿の木の下がいいか、日当りのいい物干し場の東南の隅がいいか。墓石の代りに一本の桜をそこに植えようか……。

気がつくと午前二時を廻っていた。心臓の気配はもう手のひらに感じられない。

「もうダメだね」という。

娘泣く。私も悔悟の涙を流す。

どれくらい時が経っただろうか。ふとタローが動いた……と思ったらよろよろと立ち上った。声も出ずに見守る中、タローはテラスから地面に下りて、どこへ行こうとするのか、真直に歩こうとするのだが、右へ右へと同じ所をグルグル廻るばかり。タローは庭の真ん中の石のたまり水を飲むのが好きだった。その水を飲もうとしているのだとわかる。食器に入れて出してやっても見向きもしない。だが、右へ右へと廻ってしまうタローはたまり水の所へたどり着けない。暗澹《あんたん》として私は見守る。そのうちよろよろといつもの寝場所へ行って横になった。

死んだのか？　心臓に手を当てる。

――生きてる。手に微かな鼓動を感じる。

「生きてる……死んでない……」

そういった時、意気ごんでいた期待を外されたような、呆気にとられる気持になったことをここで白状する。

翌朝、おそるおそるカーテンを開けると、タローはいつものようにそこに寝ていた。タローと呼ぶと目を開けた。二、三日するとタローは水を飲みウインナソーセージを食べた。だんだん橋幸夫でも谷口選手でもなくなった。女医先生はただただ驚いて「強い犬ですねえ」と一言。私と娘はいい合った。

「なんだ、こりゃ。治ってしまったのか！」

「二人で泣いたりして」

「タローごめんね、なんていったりして……」

それにしてもタロー、あんたはいったい何の恩返しをしたか？　何もしてないじゃないか。元気になった今は私はタローにいうのである。

「恩返ししなさいよ」

私の舞踏会手帖

ジュリアン・デュヴィヴィエの名作「舞踏会の手帖」のビデオテープを手に入れた。この映画を最初に見たのは私が女学生の頃で、その後も折にふれ思い出してはあの美しいロマンチシズムにもう一度触れたいものだと思い思いしていた。映画の思い出を語る時は必ずこの映画の美しさを語ったものである。もう二度と見ることは出来ないと思うと、「舞踏会の手帖」の思い出は愈々美しく、はかなく切なく胸を締めつけたものである。

それがビデオテープに作られたという。早速買った。わくわくしながら見た。暇さえあればくり返し見ている。そして思わず一人で叫んでいる。

「――映画はかくありたいものだ！」

男女が裸で重なってフウフウいえばいいってもんじゃないのだ。

夫を亡くしたばかりの若い未亡人クリスチーヌは、ある日二十年前に舞踏会にデビューした時の手帖を見つけた。そこにはかつて彼女に恋を囁いた青年たちの名前が記されている。彼女は思い出に導かれてその一人一人を訪ねる旅に出る。と、そこには今、二十年後の中年になった男たちの姿があり、過去は消え去って彼女は現実の時の流れをまざまざと知らされる――。

この映画の中で私が特に好きなのは、ルイ・ジューヴェが出てくるキャバレーの場面である。昔文学青年だったピエールは今はジョーという名のキャバレーの経営者、実はギャングの親玉になっている。今夜も手下共を動員して盗みに行かせようと忙しくしているところへクリスチーヌが訪ねて行く。だが彼は彼女を見ても気がつかない。彼女はボーイを呼んでこう伝えさせる。

「凍てつける公園を
影ふたつ過ぎ去りぬ」

それはかつて彼が口ずさんでいたヴェルレーヌの詩である。ジョーは彼女に気づく。テーブルへ来て今のクリスチーヌの身の上（未亡人になったこと）を知っていう。

「何か用でも？……金かい？」

だが、彼女がただ会いに来ただけと知ってから、次第にジョーは消えて昔のピエールが戻ってくる。彼は囁く。

「凍てつける公園を
影ふたつ過ぎ去りぬ
古き愛を今も思うやと
なぜに君　聞きたもうや……」

キザというなかれ。乙女の日の私はこのあたりからもうわくわくしてきて殆ど泣きたくなったものだ。そして今の私はあの頃の「泣きたくなった私」を思い出して胸迫り、やっぱり泣きたくなるのである。

私のそんな述懐を聞いて、若い友人は私の「舞踏会の手帖」を書けという。

だが私の若き日なんて、なーんにもない。驚くべく殺伐たる青春なのだ。

「舞踏会とは何だッ！　この非常時に何ごとかーッ！」

という時代なのだ。私の日常は「兵隊さんの出征見送り」「戦死者の遺骨出迎え」「トントントンカラリと隣組」の寄り合いで東を向いて遥拝すること、そうして「防空演習」である。ヴェルレーヌの詩を暗誦したりする奴は「国賊」だった。

私の友達の一人は「女子挺身隊員」として海軍工廠の中に閉じ籠められた。そこには若き海軍士官がいたから、火叩きと濡れムシロを持って走っている私よりはロマンスが芽生える可能性があった。彼女は海軍士官にキスをされ、妊娠するのではないかという心配に身も細る思いであったという。彼女はキスで妊娠すると思っていたのだ。あんまり彼女が心配するので士官はイヤ気がさしたのか、そのうち寄りつかなくなった。しかしそんな青春のロマンスがあるだけ、私よりはマシなのである。

彼女は独身のまま四十を過ぎたが、ある日、退屈まぎれにかの士官を思い出し、居所を捜して手紙を出した。早速、再会することになって中野駅前で落ち合ったところ、地黒角顔、ボテボテのおっさんが現れたので、のけ反らんばかりに驚いた。（だが先方でも同じことだったかもしれない）

ボテボテおっさんは彼女を鰻屋へ連れて行った。メニューには松・竹・梅とうな重の値段が分れている。勿論、松が一番高い。しかしおっさんは「梅」を注文した。しかもキモ吸いなしで。二人は「梅」を食べて別れ、それっきりだ。

これが「舞踏会の手帖」の日本版である。それでも私よりはマシだ。古木綿で作ったモンペに綿入れの頭巾をかぶって、火叩き持って走っていた私。今日は大根の配給があると聞いて、八百屋に向って走った私。大根だって一本まるまる買えるのではない。半分ならいい方で、家族の人数によって三分の一とか四分の一に切ったものを下さる（といっても金は出す）のであるから、何とかシッポの方ではなく真ん中へんのいい所を、とひたすら願って走った私。米配給所の青年が「これ内証でッせ」と乾燥玉子を一袋くれたのが、今思うとあれが唯一のロマンスのカケラだ。

それでも戦争がまだそれほど熾烈《しれつ》でなかった頃、（女学生の頃）学校から帰って来ると私の家の近くのドブ川の所で、自転車に片脚を掛けて私を待っている中学生がいた。いつも行動を共にしていた親友のモンちゃんと私は、

「またいる！」

と小声でいい合い、ツン！　として通り過ぎた。たいていの場合、彼は黙って我々を見ているだけだが、たまに「今、帰り？」などと声をかけてきたりする。と、私たちは

忽ちエリマキトカゲのように怒って、

「見たらわかるやろ！」

小声で毒づきながら、鼻先を空に向け、「フン！」とにくにくしげに歩み去った。今考えてみると道で待っているだけで何も悪いことをしていないのに、どうしてあんなに嫌ったのかと思うが、つまり当時の思想ではそんなことをするだけで「不良」「非国民」だったのだ。

月日は過ぎ、私が四十代の終りにさしかかった頃、自転車の彼Kが突然訪ねて来た。「今、帰り？」「フン！」の時から敗戦を挟んで三十年近い年月が経っている。名乗られても私はピエールのようにすぐには思い出せなかった。今Kはイギリス女性と結婚してロンドンに在住しているが、商用とかで日本へ帰って来て男版「舞踏会の手帖」の気分になったらしい。

面白半分に私はモンちゃんを呼んでうちでスキヤキをした。炬燵を入れている頃だったが、私とKは向き合いに、モンちゃんはその間の一辺に坐っている。炬燵は大勢が入れるように、特大の掘炬燵である。食事が終って暫くすると、炬燵の中でモゾモゾと私の足に触れてくるものがある。Kが向い側から足を伸ばしてチョッカイをかけてきているのだ。私は思いっきりそれを蹴飛ばした。蹴っても蹴っても足はまとわりついてくる。

「キモチ悪いやないの！　やめなさい！」

ついに私は怒鳴った。モンちゃんはわけがわからずキョトンとしている。

「怒らんかてええやないか」

とKはいった。そういう彼は大掘炬燵の向い側から足を届かせるために、胸まで深く炬燵の中に入っているのだった。

「舞踏会の手帖」でピエールはいった。
「むかし、君を抱いて……」
クリスチーヌが答えた。
「十六のとき……」
ピエール「無分別にも二人で遠出して」
クリスチーヌ「川に沿った橋のところまで」
P「あれから何年……」
C「夕暮どきで」

P「純情だった」
C「黙ったまま」
P「考えていて……君の首筋にキスした」
C「あたしは目を閉じたまま」
P「可愛いものだった」
C「将来を語り……」
P「夢物語だ……」
今は返すよしもない若き日の思い出を二人は語り合う。そしてピエールはいう。
「青春を忘れずにいたら、純情でいられる」
——青春を忘れずにいたら純情でいられる、か……。しかし青春を忘れずにいても、今も昔も純情ではない、というのが私の場合なのだ。
K「むかし、君を待って」
私「十六のとき」
K「無分別にもニタニタ笑いして」
私「ドブ川の曲り角で」

K「あれから何年……」
私「夕暮前で」
K「イケズやった」
私「アホやった」
と二人同時。
私「黙ったままツンツンして」
K「話しかけたら」
私「せせら笑って」
K「にくらしかった」
私「いやらしかった」
と二人同時。
K「夢物語や……」
まあこんなふうになってしまうのである。
「人は妙な道を辿る」とピエールは述懐する。「今は別人になってしまった」と。
しかし私とKは今も変らぬKであり私だ。お互い妙な道を辿ったかもしれないが、なぜか別人にはなっていないのである。

ピエールとクリスチーヌが思い出に浸っているところへ、警察官が入って来る。

「来るんだ」

と警察官がいう。ピエールは回想から醒めて立ち上る。そしてクリスチーヌにいう。

「連行されるのはジョーだ。ピエールは君に残す……」

いってくれるじゃないか。何というキザ！　そしてカッコよさ！　私の胸はわくわくと慄《ふる》え、締めつけられ、涙がジワジワと湧き出てくる。

だが私の方のKは帰り際に何といったか。

「ほんならサイナラ。ごっつぉさん……」

その時私はふと思いついて彼のイギリス人の奥さんへのお土産だといって「金の牛」の置物を渡した。その金の牛は当時、好景気だった企業の何かの記念品で、二つも送られて来、置き場に困っていたのだ。

「なんや、これ、重たいなあ」

とKは迷惑そうにいった。迷惑にはちがいない。私だって迷惑していた金の牛だ。しかも二つもある。誰かにあげるといっても誰も「いらん」という牛だ。

「金の牛よ。金よ、金……。だから重たいのよ」

私はいった。

「イギリスの人にはきっと珍しいでしょ。奥さんのお土産、もう買ったの？」

「いや、まだや」

「そんならこれ持って行ってあげなさいよ。喜びはるわよ、きっと……」

「ほな、あんたの記念にもろとこか……」

そういってKは重そうに金の牛を提げて帰って行ったのだった。

私の「舞踏会の手帖」というと、こういうことになってしまうのである。どうしてもロマンチシズムとは縁遠い。いったいなぜなのだろう。時代が悪かったか、それとも私が悪いのか、Kが悪いのか、それとも日本人であることが悪いのか。

その後、Kから電話がかかって来て、Kの妻は金の牛をいたく喜んで、牛を置く棚をわざわざ作ったということであった。

「だからいったでしょ。奥さんは喜ぶって」

「うん、あんたのいうた通りやった……」

あれから更に二十年以上経つ。金の牛はどうなっただろう？　それを思うと哀しいような寂しいような辛いような……。

ではもしも今、Kが訪ねて来たら、私は優しくするだろうか？

いや、しないでしょうな。それだけは間違いない。

遠藤さん、ごめん

九月二十九日夜、私は前日から行っていた名古屋から帰り、夕食もそこそこに「秀吉」を見ていた。竹中直人という俳優を私は好きだが、彼の秀吉が何かというと大口あけて笑い、すぐに泣くのが私はいやである。喜怒哀楽の激しい男を創っているつもりかもしれないが、ありゃやり過ぎじゃないか？

「秀吉」を見ている間中、私は今にまた泣き出すんじゃないかという思いでいつも落ちつかずにいたが、回を重ねるうちにだんだんといつ泣くかがわかるようになってきた。今に泣くぞ、泣くぞ、泣くぞ、

「そら、泣いたァ」

射的屋で人形を倒したような気持になってきているのだ。

「秀吉、見てるんですか？」

「はい、見てます」

「いいですか、秀吉」

「よくないです」

「よくないけどやっぱり見る……ＮＨＫ大河ドラマが国民番組であるゆえんですな」

という人がいたが、国民番組だから見ているのではない。

「そら、泣いたァ……」

イーッポーン！　射的屋の気分がだんだん面白くなっているだけなのだ。

そんな次第でその夜も「秀吉」を見ていた。この頃は秀吉も関白になって、前のようにはハナミズ垂らして泣かなくなったけれども、しかし全く泣かなくなったわけではないから、私は見る。

と、電話がかかって来た。

「えー、Ｙ新聞社社会部ですが、さきほど遠藤周作さんが亡くなりまして」

「えッ」

と私はいったと思う。それから、

「そうですか……」

といった。「そうですか」といういい方はないだろうと思いつつ。

しかしそれ以外にどんな言葉も出てこない。新聞社の人はいった。

「それで佐藤さんにお言葉を頂戴したいんですが。遠藤さんの思い出など……」

「うーん」

と私は唸った。その時の私の気持は、

——遠藤さんが亡くなった、さあ思い出を、とはなんだ！ 簡単にいってほしくない。

というようなものだった。ここで思いつくままにサラサラしゃべるなんて遠藤さんに対して失礼じゃないか。私の気持はとっさにサラサラしゃべれるようなものじゃないのだ。第一サラサラしゃべることの出来るようなそんな簡単な遠藤さんじゃない。何もいえない。いいたくない……。

そういうような気持をしどろもどろにいう。Y新聞の人は私のいうことを理解してくれて電話は終った。と、一分も経たずに又鳴った。

「えー、M新聞の学芸部ですが……」

Y新聞にいったのと同じことをいう。

「今、とても何かいえるような心の状態ではありません」

M新聞引き下る。と、又だ。「秀吉」がいつ終ったかもわからぬ。電話は十一時前までつづいた。中には、「遠藤さんとは幼馴染みだそうですから是非とも佐藤さんのコメントをいただきたいのですが」という人がいて、私は仕方なく「幼馴染みなんかじゃありませんよ」と答えた。

「えッ、幼馴染みじゃないんですか？　でも」

「あれは遠藤さんのデタラメなんです」

「へーえ、デタラメですか」

「そうなんですよ。あの人は人を面白がらせるのが好きな人でねえ。ああいうデタラメを書くんですよ。あれはデタラメであることを私なりに書いているんですけど、遠藤さんの読者の数に対して、私の読者はビビたるものですからね。いくら書いても浸透しないんですよッ」

「すみません」

とその人は謝って電話を切った。

何回も何回も電話のベル。同じ質問。同じ答をするのに私は飽きてきた。何かいいたくなる。だがいおうとすると、私の頭に浮かぶ思い出はこういう場合にふさわしくないような思い出ばかりなのだ。

例えば……そうだ。新潟県十日町市の講演旅行の帰り、汽車の中で遠藤さんは干貝柱を買ったが、居眠りをしている間に私は全部食べてしまった。やがて目を醒ました遠藤さんは空になった袋を見るなり、

「こらーッ、全部食うてしもたんかァ」

と怒ったこと。

「ええやないの。貝柱くらい」

「オレの貝柱だぞォ。オレが買うたんやぞ」

「なによ、ケチィ！」

その時私たちは四十七か、八か……。

こんな話を文化勲章受章者遠藤さんの思い出として語れるだろうか……。

またある日、徳島で講演した帰り、神戸へ寄ろうということになって、私と遠藤さん

は淡路島の名前は忘れたが小さな港の埠頭で船を待っていた。晩秋の夕闇が空から降りてきて沖は微かに明るいという頃合だった。乗船するのは私と遠藤さんしかいない。徳島からの見送りの人が二人、都合四人が薄暮の中に立っている。寂しいようなもの悲しいような秋の夕暮だった。

その時、ふと遠藤さんが私のそばへ寄って来てシーシー声でいった。

「おい、ケチくさいなあ、あの連中。土産、何もくれへんな」

遠藤さんが声をひそめる時はろくでもないことをいい出す時である。

「向うの土産物屋で何か買うフリしてみよ。そしたら気がつくかもしれん」

遠藤さんはいって、急に大声になり、

「サトくん、何か土産がないとムスメさんが待ってるやろ。オレのとこもムスコが待っとるし」

といって黄色い電燈が灯っている土産物屋に入って行った。私も「うん」といってついて行く。そこで私たちは「蛸の姿干し」という物凄いとしかいいようのない形のものを買った。それしか買うものがなかったのだ。私たちの後からついて来た徳島からの見送りの人は、

「そんなものを買われたんですか。アハハ」

と笑っただけである。「支払いは私どもが」とはいわなかった。

「蛸の姿干し」のナンボでもない金を払ってもらいたいとは本気では思っていない。だが遠藤さんは、

「なにが『買われたんですか、アハハ』や」

とシーシー声で怒り、私も「ほんまにケチや！」と罵ったのであった。遠藤さんは時々、十五、六の少年に戻る。遠藤さんがそうなると私も忽ち呼応して十五、六の少女に返る。それが私たちのつき合い方だった。

東京へ帰って二、三日すると遠藤さんから電話がかかってきた。

「おい、あの蛸、どうした？」

「ムスメが食べたわ」

「えーッ、食うたァー……」

遠藤さんは大仰にびっくりしてみせ、

「あの気味の悪い蛸を食うたんか。君のムスメは……。固いなんていうもんやない。歯が立たんかったやろ」

「うん、でも食べたよ」

「君んとこはムスメにふだん、なに食わしとるんや。うちのムスコなんか、なんやこんなもん！　ポイ！　や。庭に投げ捨てとった。犬かてクンクンかいで向うへ行ってしもたで……」

ああ、こんな思い出をどうして新聞に語れるだろう。だが、二十五年ほども前のあの秋の埠頭の夕闇と潮の香の中、少年と少女に戻っていたあの時間が私にはたまらない悲しさで蘇ってくる。遠藤さんとのどんな思い出よりも強い、懐かしい思い出なのだ。

仕方なく私は新聞社の人にいいつづけた。

「今はとても遠藤さんについて話せるという心の状態ではありませんので」

「はあ……混乱しておられる、と……」

混乱というか、何というか。とにかく場所柄を考えるといくら私でも「いえないことばっかり」なのだ。

新聞社の人は、

「お気持、よくわかります」

といってくれたが、私のこの気持がわかるわけがないのである。今、遠藤さんとの思い出を話せば涙がどっと出てきそうだった。

「汽車の中で遠藤さんが眠ってる間に私が干貝柱を食べてしまったというので……あの人はえらい怒って……私はケチといい返し……」

そういいながら泣き崩れたら、新聞社の人はどうするだろう。

私と遠藤さんのつき合いは「少年少女に戻る」つき合いだった。愚にもつかないことをいい合っては喜んでいる間柄だった。通夜の教会で遠藤夫人から「佐藤さんには何でもいえるからいいとよく申しておりました」といわれた時、どっと涙が噴き出た。何でもいえるというのは少年少女に戻るということなのだ。

三、四年前から遠藤さんは電話をかけてくるたびに、

「君、死ぬのん怖いことないか？」

と訊いた。

「怖いと思えば怖い、怖くないと思えば怖くない」

と私は答えた。

「死ぬ時、苦しいやろなあ……痛いやろなあ」

「そりゃあ命がなくなるんやから、苦しいやろし、痛いやろねえ」

「君はよう平気でそんなことというてるなあ」

「だってしょうがないでしょう。その時になってみんとわからんこと、今から考えても」

「女は鈍感やなあ」

と遠藤さんは歎くようにいった。

私たちが六十代に入った頃、遠藤さんは「オレは九十まで生きるんや」とよく自慢そうにいっていた。何とかいう偉い占師にいわれたといって、九十まで生きることを殆ど確信しているようだった。

「君は八十までは生きるやろ」

「八十？　そんならわたしが先に死ぬのね」

「君、死後の世界がほんまにあるかどうか、死んだら幽霊になって教えに来てくれよ」

「うん、いいよ。出てあげるよ」

「けど出てくるんなら時と場所を考えて出てくれよ。へんな時に出てくるなよ」

と遠藤さんはいった。

七十近くなった時、「古稀の祝いを二人だけでやろう」と約束した。遠藤さんは大正十二年三月生れ、私は同じ年の十一月生れだ。

「その勘定は遠藤さんが払ってくれるんやね？」

「なにいうてる。ワリカン、ワリカン」

「なによ、ケチィ。男のくせに。あんたの方がお兄さんやないの」

といい合っていた。

だがそのうち電話が間遠になって、遠藤さんは入退院をくり返すようになった。どこがどう悪いのか私にはわからなかった。前のように気易く電話をかけるのが憚《はばか》られた。夫人が電話口に出てこられて鄭重に応対されると、根ホリ葉ホリ病状を訊くことが出来なかった。

私が遠藤さんと親しいことを知っている人たちから、「遠藤さん、どうですか？」とよく訊かれたが、私は、

「さあ……」

としかいえなかった。遠藤さんの容態はあちこち、次々と悪いところが出てきて、簡

単にいえるようなものではないのだろうと私は推察した。

あれは今年の三月だったか四月だったか、ふと思いついて私は電話をかけた。遠藤さんと話が出来るとは思っていなかった。自宅と病院のどちらにいるかもわからなかった。電話口の人に病状を訊いて見舞いだけいうつもりだった。

電話口に秘書の塩津さんらしい声が出てきてちょっとお待ち下さいといい、暫く間があった。夫人を探しているのだろう、忙しいのに申しわけのないことをしたと思っていると、突然、

「もしもし」

遠藤さんの声だった。あまりに低い力のない声だったので私はびっくりして、

「あっ、遠藤さん、遠藤さん！」

と叫び、うろたえて更に大声になり、

「元気ィ？」

喚くようにいっていた。まさか遠藤さんが出てくるとは思わなかったのだ。だが、重症の病人をつかまえて「元気ィ？」はないだろう。そう思った途端に逆上した。何をどういえばいいのかわからない。初舞台のヘッポコ女優が立往生したようだった。遠藤さ

んは、

「うん」

といった。地の底から滲み出てくるような声だった。

「君は……元気そうやな」

といった。忽ち私の顔は歪み、自分でも思いがけない泣き声が、

「あーよかった……声が聞けて……」

というなり、私はわーッと声を上げて泣いていた。子供のように。小さな女の子のように。遠藤さんは何もいわない。

「おい、人が死にかけとるのに、元気ィはないやろ」

といってほしかった。だが電話の向うはシーンとしている。私の頭の中はムチャクチャになり、喚くような大声で何やらいっていた。

「元気出してよ。早う元気になってよ……頼むよう……」

夢中でとぎれとぎれにしゃべって、オイオイ泣きつづけた。遠藤さんは黙って泣き声を聞いているようだった。遠藤さんが何といったか、何といって電話を切ったか。気がつくと受話器を下ろした電話の前に私は呆然と立って、しゃくり上げながらそこにあっ

た台布巾で涙を拭いていた。

それが遠藤さんの声を聞いた最後だ。もう一度電話をかけて「さっきはごめん」という気力はなかった。

──佐藤愛子はな、人が苦しんどる時に暢気な大声で電話かけてきよって『元気ィ？』ちゅうんや。ほんまにおかしな女やで。

と遠藤さんが吹聴する日がきてほしかった。

何日も私はクヨクヨしていた。たまらず人に話すと、その人は、

「遠藤さんはわかってますよ。佐藤さんらしいと思ってますよ、大丈夫です」

と慰めてくれた。そうかもしれないと思う。そんなふうに私をわかってくれる人はもう一人もいない。そう思うと、背筋がゾーッと冷たくなる。

通夜の夜、遠藤さんの柩に向って私は、

「遠藤さん、ごめん」

としかいえなかった。

なかなか死にもせず

今年の夏は北海道の別荘へついに行くことが出来なかった。北海道で夏を過すようになって今年は二十一年目である。その間娘の出産のために行けなかった年が一度あったが、それ以外は必ず行っていた。なのに今年は行きたい、行かねばと思いながら、とうとう夏は過ぎてしまった。

行けなかったのは粗犬タローのためである。七月のある朝、腰ヌケになっていたタローは、その後いくらか回復したもののよろよろしていて、餓鬼のようだった食欲も衰え、いつ死ぬかわからぬという状態になっていた。孫の健康のためにもひと夏を北海道で過

したいが、帰って来た時にタローが腐乱屍体になっていたりしたら困る。毎日、行こうか、やめようか、とつおいつしているうちに夏も終り近くなってしまった。

北海道の我が集落の人たちは、犬のために行けないと聞いて残念がり、

「けど、そのうち、死ぬんでないかい。死んだら来られるべや」

とタローが死ぬのを願っている気配だった。だがその中に一人だけ、

「なに、来ないってか。ふーん……」

そういって心の中でホッとしているじいさんがいることが私にはわかっている。実は二年前、私はそのじいさんに金を貸した。ある冬の日、突然電話がかかってきて、

「センセエ、東京でカネ百万円貸してくれる人、いないべか？」

と突然切り出された。そんなもの、いるわけがないのである。そう答えると、

「そうか……やっぱそうだろなあ……」

と気落ちしている。「やっぱそうだろなあ」という哀切な響きに私は打たれ、

「しゃァない、私が貸すよ」

といってしまったのだ。その半金の五十万は去年の夏、返してもらった。残りの五十万は今年の夏に返る約束である。

だが、かつて借金王の夫を持っていた私は、経験上、貸し手が顔を出さなければ金は返ってこないものであることを知っている。だから五十万を手にするためには北海道へ行かなければならないのだ。

五十万のためにタローを見捨てるか。

タローのために五十万を捨てるか。

ついに私は五十万を捨てる決心をした。よろよろと庭を歩いているタローを見て、「この野郎！」と思いながら。

夏の終り、集落の代表は残念そうに「やっぱダメかい、死なないかい」といった。

タローは一日中、テラスの端に坐って、じーっと顔を虚空《こくう》に向けている。目は白内障のために白く濁って、人の顔もよく見えないらしい。耳も聞えなくなっている。聞えないから吠えない。吠えないからいるかいないかわからない。

「犬は？　いるんですか？」

「いますよ。ほら、あすこに」

「ほんとだ、おとなしい犬ですねえ」

と客は感心する。おとなしいのではない、ボケかけているのだ。

ものいわぬ爺ィとなりて年の暮　　紅緑

七十を幾つか過ぎて、老耄《ろうもう》のきざしが見えつ隠れつしていた頃の父紅緑の句だ。綿入丹前に家の中でも毛の首巻をして、縁の籐椅子でいつまでもぼんやりと庭に目を放っていた父の姿に、タローは似ている。

お父さんはああして、何を見てるんだろう、何を思ってるんだろう、と私はよく思ったものだ。その時のように今、いったいタローは何を考えているんだろう、と私は思う。

「タロー」

と呼んでみる。聞えないから知らん顔をしている。

「タロー、タロー……ゴハンだよ」

と大声でいう。前は「タロー」の一言で勢よく走って来たものだが、今はまるで置物の犬だ。表を子供らがガヤガヤ通って行っても知らん顔。食器を叩いて音を立てても知らん顔。

「タローー、ゴハンよ、ゴハン！　ゴハンっていってるのがわからないのッ！　タァロォー！」

私は喚く。夕方はどこも忙しい。一言タローといっただけで、どこにいても飛んでくるのが飼犬の礼儀というものではないか。食器は居間のガラス戸を開けたところのテラスに置くと決めている。そこなら外へ出ずに家の中から出せるのである。

だがタローはテラスの向うの端で置物になっている。呼べど叫べど知らん顔だ。私は庭下駄を履いてタローを呼びに行かなければならない。さっさと食べてくれないと雀や鳥がよってたかって食べてしまう。ただでさえせっかちな私。

「エイ、もう！」

と腹を立て、食器片手にテラスを走り、

「こらーッ、ゴハンだといってるのにィ！」

向う向いているお尻を足先で突く。蹴るといってもよい。

「タロー、ごめん」と可愛がらなかったことを涙ながらに謝ったのはタローが倒れた僅か四か月前だ。

「タロー、おいしいよ。おあがり」

猫なで声で生肉やらクッキーやら、あれやこれやと口もとまで持っていってやった日々。あれは夢だ。とても同一人物とは思えない、とタローはひとりごちていることだ

ろう。（私もそう思う）

お尻を蹴られてタローはやっとふり返り、ノソノソやって来る。食器に鼻を近づけ、

「ふン！」

と顔を背ける。「なんだこんなメシ！」といいたいのか、それとも「なんぼなんでも蹴るなんて！」とムクレているのか。

「なにがフン！　よ……」

私は怒る。

「失礼じゃないか、タロー。なにサマだと思ってるの」

お前のために五十万を捨てたんだぞ、といいたい。

タローはお義理のように鼻を近づけ、また、「ふン！」だ。

「勝手にせい」

と居間へ上って、シャッ！　とカーテンを引き、それからそーっと覗いてみると、モソモソモソモソ、食べている。時々、私はカーテンの陰から覗く。残していると気になって眠れない。夜中、ガバと起きて見に行ったりしている。

この頃、テレビを見ている時、娘から、

「どうしてそんなにすごいボリュームにしてるの？」

といわれる。自分ではそんな大きな音量にしているとは思わなかった。それで耳が遠くなっていることに気がついた。

娘の部屋で娘がつけたテレビを見ているとどうも落ち着かず気持が悪い。それで自分の部屋のテレビを見に戻るとスッキリした気分になる。「あるべき物があるべき所にきちんとおさまった」とでもいうような。

そういえばいつ頃からか娘と電話で話すとよくいわれた。

「なんてすごい声出すの！　そんな声出さなくてもちゃんと聞えてるわよ……」

耳がガンガンするから受話器を離して聞いているのだという。

「大声はエネルギーが旺盛なしるし」

と答えていたが、これは耳の遠い人特有の大声であることにやっと気がついた。

いつだったかバスに乗っていたら、この頃のテレビタレントはどうしてあんなに早口でピーチクピーチク、ヒバリみたいにしゃべるんだろう。何をいっているのか、いくら一所懸命に聞いてもさっぱりわからん、と大声でいっているおじいさんがいた。私は

「まったく同感」という気持を伝えたくて、思わずニッと笑ってみせたのだったが、今思えばあのおじいさんも耳が遠くなっていたのだろう。

耳ばかりでない、この頃は前からの白内障がひどくなってきて、新聞や雑誌を読むのが苦痛である。

「この節は新聞も雑誌も小説も低調ですねえ。読みたいと思うものがないわ」

などとえらそうにいっていたが、読みたいと思わないのは記事が低調なためではなく、活字が見えにくいために、読みたいと思えなくなっているのだということがわかった。

タローが我が家へ来たのは私が五十五、六歳の時である。タローと共に十七年間を過し、タローと共に足並揃えて老い衰えてきた。遠からず、

ものいわぬ婆ァとなりて年の暮

という趣になり果てるのであろう。

七十三歳前後という年は、どうやら人生の健康上の節目らしい。今年（一九九六年）の二月に司馬遼太郎さんが亡くなった。司馬さんは私と同じ大正十二年生れで、遠藤周作さんも同年である。愈々順番が近づいてきた。父が死んだ時は母や兄が屏風のように

私の前にいた。母が死んだ時も兄や姉がいた。兄が死に姉が死に、とうとう私は一族の先頭に立ってしまった。あの世からの風がまともに顔に吹きつける。

テラスの日溜りにタローと並んで坐り、背中を撫でながら、

「タロー、お前が先か、私が先か……」

と話しかける。タローはぐったりと私によりかかり、

「クゥ……」

というような微かな音声をのどの奥で転がしている。夕方、メシの時間になるとお尻を蹴られることも忘れて、(私の方も蹴ってることを忘れて)

「いい天気だねえ」

と仲よくしている。我ながら愈々婆ァらしくなってきたと思う。「お前のために五十万、捨てたんだぞ」といいいいしているが、ほんとは五十万円はもうどうでもいいのだ。暫くしたら死ぬのだ。そう思うともうソンもトクもない。

呉服屋がやって来て例によって反物見世を広げる。ああいい色だ、いい出来だ、とつい手に取るが、すぐ思う。

——どうせそのうち死ぬんだ、買ってもしようがない……。

「白内障の手術は簡単ですよ」

と手術を勧められる。だが思う。

――あと少しの辛抱だ。そのうち死ぬ……。手術のために時間や金を使っても、間もなく死んではつまらない。

私には四十代の頃から「これでなければイヤ」という口紅がある。だがその口紅は日本橋の髙島屋へ行かなければ売っていないので、出不精の私は二年に一度か三年に一度、日本橋の近くへ行った時に髙島屋に寄って、二、三本まとめて買うのを常としていた。今、使っているものは何年前に買ったものか忘れたが、最後の一本が大分減ってきている。たまたま髙島屋に用があって出かけ、そのことを思い出した。そうだ、ついでに……と思って売場へ行き、今までのように二本下さい、といいかけて、待てよ、一本でいいか、と思い直した。二本買っても残ったらもったいない。一本にしておこうか？　しかしと考えた。今、使っているものは半分と少しある。それを使いきるまで様子を見た方がいいんじゃないか？

「あッ、ごめんなさい。ちょっと……」

といって私は売場を逃げ出した。なにが「ちょっと……」だ、と思いつつ。

この話を聞いた人はほとほと呆れ果てた、といわんばかりに、

「どうしてそう、ケチなんですかァ」

と溜息をついたが、うーん、やっぱりこういうのを「ケチ」というのかなあ。私としては「ケチ」というより「死生観」といってほしいのだが。

桃咲いて爺ィなかなか死にもせず　紅緑

死ぬ死ぬという奴ほど長生きすると誰かがいった。こんなに死ぬことばかりいいながら「婆ァなかなか死にもせず」といわれることになるのかもしれない。

夢いろいろ

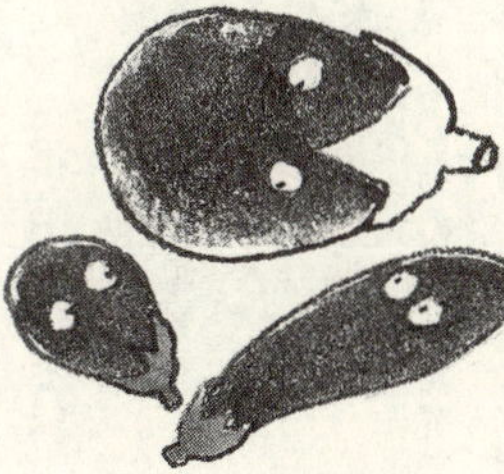

朝からどんより雲が垂れて、昼近くなっても陽が出ない十一月のある日、北海道の阿部商店の親父さんから電話がかかってきた。阿部商店は以前は昔懐かしい小暗いよろず屋だったが、今は㋵という明るいコンビニ風の店になっている。㋵という屋号はお父さんが与吉、おじいさんが米太郎という名前だったからだそうだ。ちなみに阿部さんは婿養子で、英昭という。

「センセエ、元気かい?」

といきなり阿部さんはいった。三日前に電話で話したばかりなのに「元気かい」もないものだと思いつつ、「まあまあよ」と答える。

「いやね、ゆうべセンセエが死んだ夢見たもんで心配になってかけてみたんだ」

と阿部さんはいった。

「センセエが別荘に来てるんだよ。そして海で泳いで溺れたのさ。浜の者《もん》みんなで助けに出たんだけど、死んでしまったんだ。そんな夢見たもんで心配になって山（私の別荘のこと）へ見に行ったんだけど、家はべつに変ったことなかったよ。それでセンセエになにかあったんじゃないかと思ってね……」

「へえ、そうなの。それはどうもありがとう。アハハハ」

と笑うしかない。それでも何かあるんじゃないかと心配になって電話をくれた、その気持が嬉しいじゃないか。

「今日は生きてるけどね。まあそのうちに死ぬでしょう」

「そりゃ人間だからね」

と阿部さんはいった。阿部さんのこういう返事が私は好きだ。

そんな電話の後、来客があって話をしている間、電話が鳴っているのが聞えていた。後で家の者がM新聞社学芸部のMさんからだったというのでこちらからかけた。M新聞朝刊に目下私は小説を連載している。その担当婦人記者がMさんだ。渡した原稿のことで疑問があるのかもしれない。Mさんは私の電話に恐縮した声音《こわね》で、

「特別の用件でお電話したわけじゃないんですけど……実は昨夜《ゆうべ》、先生の夢を見まして」

「へえ？　死んだ夢？」

「先生から叱られている夢だものですから、もしかして何か、私に不都合があったんじゃないかと思いまして」

「何もありませんよ。実はさっき、北海道の知人から電話がかかってきて、私が溺れて死んだ夢を見たっていうんですよ。どうも昨夜は私、あちこちの人の夢の中で跳梁《ちょうりょう》してたらしいんですね」

「まあそうですか」

Mさんは安心したように笑った。

娘にその話をすると、ふーん、ママは人々の潜在意識に深く喰い込んでるんだねえ。禁煙の人の潜在意識に入れる方法があれば効果があるんじゃないかなあ。タバコ吸いたくなるとママの顔が夢に出てきて怖い思いをするとか……とひとりで喜んでいた。

それから三日ばかりして、私はこんな夢を見た。

私は何日も風呂に入っていなくて気持が悪くてしようがない。風呂へ入りたい入りたいと思いつづけている。そこへ風呂があるというので行ってみると、その風呂桶（木で作った丸い置き風呂）が襖《ふすま》を外した押入みたいな棚の上段に天井すれすれに置かれているのだ。湯加減はいいらしいが、これでは身体が入らない――。それが夢の第一場である。

――私はなだらかな階段状の、野外劇場を思わせる建物――というか何というか、天井もなく壁もなく右も左も上も下も限りなく座席がつづいているゆるやかで広大な場所の、その真ん中の段々を遠藤周作さんと二人でふざけながら上って行っているのだ。右左に果しなく広がっている腰かけには、老若男女がくつろいで腰を下ろしていて、私たちの方を見ている人もいれば見ていない人もいる。

私と遠藤さんは子供みたいにふざけ、もつれ、笑いながら上って行く。階段も座席も全体に淡いクリームがかったオレンジ色だ。それが第二場。

――遠藤さんと私は岩屋のような所にいる。天井は低く岩がでこぼこしており、左も右も足もとも岩だ。ふと見ると岩の床の一部が浴槽型に窪んでいて、驚くほど清澄な水が湛《たた》えられている。水底の岩も鮮明に見える。

「ああ、やっとお風呂に入れる」

と私は思う。それは水ではなく湯だと私は思っているのだ。第一場で風呂に入りたくてたまらなかった気持が、まだつづいているのである。

それにしてもなんというきれいな水（湯？）だろう。こんな澄明な水は見たことがない、と思う。

その時突然、まったく突然、眼下遥か遠く、黒雲の塊りのようだったものが、ざーっと崩れて動き出し、見ているうちにクモの子のように一斉に散り出した。

「何なの？　地震？」

と私はいって岩屋を見廻すが、そこはビクともしていない。だが目の下では何千億という人間が逃げ散っている。

「ここは何ともないのに、いったい何なの！」

と不思議がっている所で夢は終った。あまりに詳細な夢なので、目醒めた後、暫く考えた。

あの果しない階段。あれは天国へ通じる階段だったのではないのか？

あの岩屋。あれは天空に浮かぶ死の世界だったのではなかろうか？　クモの子のようにざーっと動き逃げていた黒い集団は「この世」の人たちで、私がいるのは「あの世」だったのか？

地震か、洪水か、何かの爆発か。天変地異が起っているらしい。そしてそれが起る前に私は死んだらしい。遠藤さんがそこにいることが何よりの証拠だ。私たちのほかにも五、六人の人がいるが影法師のようで顔はよくわからない。だがその人たちも眼下の光景を見て、なんだ、なんだ、といっていた。

いったいこの夢は何の象徴なのだろう？

「ソレって天国なの？」

話を聞いて娘はいった。

「多分そうよ。天国への階段を上って行ったのよ、遠藤さんに導かれて」

「けど岩だらけの場所なんでしょ。天国にしてはどうもねえ……」

そういわれれば絵で見る天国はふわふわした雲の上にあって、優しい光に包まれ、光の輪を頭に載せたエンジェルが飛んでいる。岩だらけの天国というのは聞いたことがない。

友人にその夢の話をすると、「ふーむ」と暫く考えて、まずそのお風呂に入りたい入りたいと思っているのは、この世でくっつけた穢《けが》れを落さなければ、という気持ね。やっぱりあんた、死んだのよ、とアッサリいってくれた。江戸時代はお寺に湯灌場《ゆかんば》というのがあって、人が死ぬとそこで屍体を洗って清めたとものの本にあるわ。

　ここはまだ生きてござると女房泣き

っていう川柳があるけどね。腎虚で死んだ男のモノは死んでも勃然とタッてるというのよ。生きてる間に思うに任せなかった無念の思いがアソコに凝ってかたまるのかもね。

　湯灌場の笑い腎虚で死んだ奴

という残酷なのもあるそうだ。

ハハハと笑いつつ、私の見た夢、阿部さんの見た夢は死ぬ時が来ているというおしらせなのかな、と思う。この年まで生きていると死ぬのはべつにイヤではない。もっと生きていたいと思うほど楽しい世の中ではないし。思い残すことは何もないし。エネルギーは涸渇してきているし……。そんなふうに思いつつ、だらだら無気力に日を過していた。来年の秋に講演を、という電話に「来年の秋なんて、生きてるかどうかわかりません」と答えたりしている。

そんなある日、年下の友人が遊びに来た。年下といっても六十歳を幾つか過ぎている独身女性だ。独身のせいかいつ見てもあでやかに化粧をして若々しさを保っている美人である。

「あたくしねえ、こんな夢を見ましたの。以前はしょっちゅう見てたんだけど、ここんとこ、とんとご無沙汰になってた夢なんですの」

「死んだ夢？」

と私はつい我が身に則してしまう。

「ちがいますよう。ラブシーンの夢ですわ。以前は相手の男性は役所広司と決ってたんですの。その前は中村敦夫だったんです。ところが今度は……誰だと思います？」

「さあ？……」

「見当つけて下さい」

見当つけるもつけぬも、どだい、三船敏郎以後の俳優の名前で、すらすら出てくるのは高倉健と勝シン太郎くらいなもので、シン太郎のシンは信だったか真だったか、考えてしまうという記憶力の衰えようである。

「わかりません？……キムタクですわ」

キムタクという名称は知っているが、キムタクが木村タクジなのかタクオなのかも知らない。ただ顎のすぼまった顔は知っている。

「キムタクねえ……気が若いわねえ」

「そうなんですよ。キムタクとわたくし、ラブシーンやってるんですのよ。今までのこういう夢って、さあ、いよいよ、という時になると、ポッカリ目が醒めてしまったんですよ。まったく口惜しいったらなかったんです」

「戦争中、わたしはよく、牡丹餅だのケーキだのチョコレートだのが並んでるお菓子屋の店先でどれを買おうかとわくわくしてる夢とか、バナナを貰って嬉しくて嬉しくて、食べようとしてる夢なんか見たものだわ。買おうとしたとたん、食べようとしたとたんにすーっと目が醒めるの。その時の何ともいえない気持——口惜しい、残念、というようなものじゃない。寂寥感というか、ずーんと沈み込む絶望感だった……」

「そんな夢はわたくしは見ませんけど」

彼女は私の言葉にとり合わず、

「わたくしはいつもラブシーンの夢で、いざというところで必ず醒めたんです。ところが、今度はどうしたことか、うまくいったんですよう！」

「つまり、ヤッタってわけ？」

彼女は私の露骨ないい方に眉をひそめ、

「あのねえ、今度はうまく進みましてねえ、わたくしキムタクのおチンチンを握ったんですのよう」

眉をひそめた割には露骨なことをいう。

「そうしたら……これが……なんとナスビなんですよう！」

「ナスビ！　あの野菜の茄子？」

「そうなんですのよう！　それがねえ、その前の日にNHKで、茄子の特集をやってたんですのよ。茄子にもいろいろ種類があるんです。ナガ茄子、マル茄子、アオ茄子、ヘビ茄子、アメリカ大茄子……わたくし、それを見て感心してたんですのよ」

「それで茄子が出てきたのね」

「そうなんですのよう！」

「それでどうなったの？　目が醒めたの？」

「いえ、わたくしね、ソレを握りましてねえ、そしてそのとたんに思わず、『あッ』といっちゃったんですよ。するとキムタクがいったんです。『ぼく、整形なんかしてないよ』って……」

私は大笑いして元気になった。あるいは彼女は私を元気づけるための守護神のお使いさんだったかもしれない。そしてこの数週間私の隣りにいたらしい死神は、私の笑い声に飛ばされたか、どこかへ行ってしまったようである。

それにしても夢のキムタクの茄子はナガ茄子だったのか、マル茄子か、あるいはヘビ茄子かアメリカ大茄子だったのか、それを訊いておきたかったなあ。

泣かせババア

机に向っていると孫が書斎に入って来て、

「おばあちゃん、今、ハルでしょ」

という。

「今は冬――」

原稿を書いている最中なので、出来るだけ短くいう。

「冬じゃないでしょ。ハルでしょ」

「春は三月から」

「ちがうよ、今がハルよ」

「今は冬――」

「ちがいます。ハルですぅ……」

テレビなどで、初春、新春をハルといっているのを聞いたのだろう、と思いつつ面倒くさいので、

「一月は冬」

とくり返す。春は三月からである。だが、ではなぜ一月をハルというのか、五歳の子供が納得するように説明するのはむつかしい。何といえばいいのかと考えていると、孫はもう次のことに頭がいっていて、

「今はウシ年？」

という。

「そうよ、ウシ」

「じゃ二月は？」

「二月もウシ」

「三月は？」

「三月もウシ」

「四月は？」

「四月もウシ。五月六月七月八月九月十月十一月十二月までウシ」

「十三月は？」

「十三月はないの。十二月の次はまた一月なの」

「どうして？」

「どうしてといわれてもそういうことになっているんだから」

「どうしてそういうことになったの？」

「だ・か・ら、とにかく、そういうことになったんだよッ」

「とにかく、ってなに？」

「とにかくというのは、とにもかくにも……何にせよとか……ともかくとか……」

と支離滅裂になる。

「小さいお子さまの好奇心というものはほんとうに素晴しいですわ。おとなが気がつかずに通り過ぎていることに、パーッと光を当ててくれます。いきなり、ソレってなあに、コレってどうして、といわれてハッとします。こんな瑞々《みずみず》しい新鮮な疑問をぶつけられると心が洗われる思いがします……」
二、三日前ホテルのティールームで人と待ち合せていたら、近くのテーブルでそんな声が聞えてきた。
「そういう時こそおじいちゃま、おばあちゃまの出番です。忙しいお母さんやお父さんに代って、じっくりと子供さんの疑問に答えてあげていただきたいの。そうすればおじいちゃま、おばあちゃまの方もリフレッシュされて、一挙両得です……」

どうやら幼児教育のセンセイのインタビューらしかった。私はそれを思い出し、孫の質問にリフレッシュなんかされるものか、疲労困憊《こんぱい》するばっかりだ、と思う。

ところで我が孫はこの頃、「ぷよぷよ」というテレビゲームに熱中している。だが私にはこのテレビゲームというものがさっぱり理解出来ない。五歳やそこいらでこんなものをスラスラやるなんて、それでも人間の子か！　と怒りたいのである。

私が五歳の頃は四つ上の姉の後ろからついてまわり、椿の花を拾って糸でつないで、首にかけて喜んでいるような無邪気で愛らしい子供だった。石ケリ、縄トビ、毬つき、何をやってもうまく出来ない。姉は運動神経抜群の子供で、近所の子供の大将格だったから、私は心から姉を尊敬していたのである。姉は私を連れて歩くと足手マトイなので、

「アイちゃんも遊んでおやり」という母の声に「うん、おいで!」とはいうが、あっという間にいなくなっている。仕方なく私は縁側で「幼女の友」を読んだ。

「幼女の友」は毎月本屋から届くから、縁側のつき当りに何十冊も積み上げられている。新しい号がくると、まず最初の号から順々に読み出して、最後に新しい号を楽しみに開くという読み方をしていた。毎月そうしているので、古い号の中身はすっかり憶えてしまい、父をして、

「なんて賢い子だろう! こんな賢い子はどこにもいないよ!」

と叫ばしめたものである。そのように私は姉を尊敬し、かつ無邪気で愛らしく、賢い子供だったのである。(それを証明する人間がもう一人もいなくなったのはまことに残念だ)

我が孫はどうか。

「ぷよぷよ」なるテレビゲームを父親と二人で競い、負けたといって父親に殴りかかり、

「何をするんだ!」

と父親は怒って喧嘩になったりしている。

ぷよぷよとはいったい何なのだ? 私は娘に訊いた。娘は説明をするが、何度いって

も私はわからない。絵を描いて教えるが、それでもわからない。娘は「ぷよぷよ通」解説書というものを持って来た。読んだがそれでもわからぬ。なんでも「おじゃまぷよ」という奴がやって来ては邪魔をするのを退治するゲームらしい。

そんな説明を聞いているところへ、孫がノコノコやって来た。「ぷよぷよ」という声が聞えたのでハリキってやって来たものらしい。娘を押しのけてしゃべり始めた。何をいっているのかさっぱりわからない。いい加減に聞いているとだんだん声が大きくなり、顔を真赤にしてしゃべりつつ詰め寄ってくる。

「おばあちゃん、わかった？」というから、わかったわかった、と答えると、「では次を教えます」という。もうわかったからいいといっているのに耳もかさず、

「ではキャラクターを教えますから、そこへ書いて下さい」

ミノタウロス、ドラゴン、サタンさま、ゾンビ、ミニゾンビ……といい始めた。仕方なく書き損じの原稿の裏に書く。

「スケトウダラ、スキュラ、おおかみおとこ……」

私は呆れる。「幼女の友」で私が憶えた文章は、

「ボクのオトウトタローちゃん

ヒコーキ　ブンブンとんでくりゃ
まわらぬ口でチコウキと……」
といったようなものである。(今でも憶えているのだから、何十回、何百回読んだこ
とかおわかりであろう)だが、我が孫は「サムライモール、さそりまん、ウロコサカナ
ビト……」だ。なんて賢い子だろう、なんて暢気に感心していられない。
「わかった、もういい」
といっても、
「いけません、ちゃんとおしまいまでやらないといけない」
ふだん自分がおふくろにいわれていることをいう。そこへ神の助けか長電話の友達か
ら電話がかかってきて、「あとは明日」といってやっと追い払った。
翌朝、「おばあちゃん、おはよう!」とやって来た。ニコニコしている。
「さあ、つづきをしましょう」
「つづきって? 何のつづき?」
と、とぼける。

「約束したじゃないか。『ぷよぷよ』のキャラクターよ」

「キャラクターはもういいよ。いっぺんにいわれてもおばあちゃんには憶えきれないから」

孫は暫く考えて、「じゃあジャンケンをして、おばあちゃんが勝ったらやらない、負けたらやることにしよう」という。ホンマにしつこい奴だ。仕方なく、

「ジャンケンポン、アイコでしょ！」

孫はパー、私はグー。

「ねえ、三回勝負にしようよ」と私。

「いいよ」と孫はあっさり承知し、ジャンケンポン。

二回ともパーとグーで私の負けだ。どうやらテキはパーばかり出す癖があるらしい。

「五回勝負にしようよ」

「いいよ」

孫もジャンケンが面白くなってきたらしい。推察通りテキはパーを出しつづけ、私は三回つづけて勝つ。どんなもんだい！　やっぱり子供は単純だ。

「次はもう一回で最後にしようよ。それでキマリ」

「ジャンケンポン！　わーっ、と私はひっくり返った。孫の奴め、考えたとみえて、今度はグーを出しおったのだ。

「さあ、お勉強よ。書いて下さい……いい？　フタゴのケットシー……」

と始まった。

私は考え、炬燵で蜜柑を食べながら本を読むことを提案する。孫は炬燵が大好きだ。

「えーと、何のお話がいいかなあ」と本箱を眺めているうちに、いつか娘がいっていたことを思い出した。

「モモ子にアンデルセンの『錫《すず》の兵隊』を読んでやっていたら、シクシク泣き出したの。それでもかまわず読んでたら、ワアワア泣いて、しまいに歯ギシリまでして泣いたのよ……」

そうだ、「錫の兵隊」を読んでみてやろう。これは面白いぞ、とアンデルセンを持って来て炬燵に入った。テキは何も知らず、蜜柑を剝いている。

「男の子は二十五人の錫の兵隊を持っていました。でもその中に一人、錫がほんの少し足りなくて、足が一本だけになってしまった兵隊がいました……」

孫は真面目に聞いている。錫の兵隊は棚の上の紙のバレリーナの人形に憧れの気持を持っている。ある日、風で窓が開いて一本足の兵隊は窓の外の草の中に落ち、近所の子供に見つけられて川に流される。だが彼を呑み込んだ魚が漁師に釣られ、魚はもといた家の人に買われて料理される。と、腹の中から兵隊が出て来る。兵隊は元の棚に戻され紙のバレリーナと向き合って自分の幸運を喜ぶ。だがその時遊びに来ていた小さな子供が、兵隊を暖炉の中に投げ込んだ。

「兵隊は真赤な火の中で一本足でしっかり立っていました。そしてやっと会うことが出来たバレリーナにいいました。『さようなら、今度はほんとうに、お別れです』」

真剣そのものの孫の顔は少しずつベソをかき始めた。

「するといきなり強い風が窓から吹き込み、ドアが勢いよくバタンと閉まりました。そのとたん、飾り棚の上のバレリーナが風に舞い上りヒラヒラと暖炉の火の中へ落ちて来ました。バレリーナはまるで兵隊の前で踊るように、クルクルまわりながら燃えつきました……」

孫の大きな目の中いっぱいにふくれ上った涙が、怺《こら》え切れずにハラリとこぼれると、喰い縛った歯の間から「クウー」と声が洩れた。

「兵隊は熱い火に溶けながら、声もなくただ見守るように立っていました」

エーン、エーンと孫は正式に泣き出した。かまわず私は読む。

「次の日、女中さんが暖炉の灰を掃除すると、錫のかたまりが出て来ました。そのかたまりは愛する心のかたち、ハートのかたちをしていました」

ワーン、ワーン、ヒック、ワーン……。

——やっぱり泣いた……。娘のいった通りだ。私は心の中でク、ク、クと忍び笑いをしながら、

「なにも泣かなくてもいいじゃないか。兵隊さんはハートの形になったんだからステキでしょ」

という。泣き声を聞いて娘がやって来た。

「どうしたのよ？」

カクカクシカジカと説明する。

「なんだ、泣くと知ってて、わざと読んだの、ママは……」

「うん、また泣くかどうかと思ってね。やっぱり泣いたわ」

「困ったばあさんだなあ……」

といって娘も笑っている。（これが佐藤一族の悪い伝統）笑い声が聞えたか、孫の泣き声はやんだ。そして、

「じゃあ、やろうか？」

という。

「何を？」

「ぷよぷよのキャラクター」

と孫は気を取り直したのだった。

ヘトヘト守護霊

子供の頃から私は「気ィつけなさいよ。今にお前はきっと大怪我するよ」と母にいわれつづけてきた。小学生の頃、路面電車を飛び降りて、後さき考えずに電車の後ろから向う側へ渡ろうとして走ったら、電車の蔭で見えなかった対向の車が鼻先スレスレに疾走して行き、私はあやうくバレリーナよろしく爪先立ちになって助かったことがある。

またダ、ダーッと走ってベッドに飛び上り、ドターンと勢つけて寝ようとして、ベッドのアタマの飾り彫のデコボコしている凭《もた》れにしたたかに後頭部を打ちつけた。暫くの間、頭がガーンと鳴って何も聞えなくなり、アホになりはしなかったかと心配して、

「二二ンが四、二三が六」

と九九をとなえ、いえたので安心して眠りについたこともある。それから六十余年。

「気ィつけなさいよ。今にひどい目に遭うよ」

と母から散々いわれてきたことを、今は友人にいわれている。

「ほんまに、気ィつけてよ」

と旧友はみないう。

「年とってから転《こ》けたり落ちたりしたら、すぐ骨折するんやからね」

「気ィつけて」と簡単にいうが、一挙手一投足に気をつけていたら、生活から活気がなくなってしまうではないか。歩くのにも段を降りるのにも、用心しいしいノッタラノッタラしていたら病気になってしまう。気ィなんかつけずに元気イッパイに振舞う、そこにわたくしの存在意義があるのだ。だいたい「気ィつけよ」って、何に対してどうすればいいのか。それが私にはわからない。

先日も仕事場にしているマンションで、踏台に上って神棚のお水と洗米を取り替えようとしていて、横倒しに落ちた。私の部屋はむやみに窓が多く、且《かつ》大きいので、神棚を祀る場所がない。仕方なくテラスとの境のガラス戸のカーテンボックスの上に神棚を設けている。高いので踏台に上らなければ用が足りない。毎日のことなので踏台は持ち運びが軽いスチール製を用いている。

その踏台へ上ってまず榊《さかき》の水を取り替え、それから右手に水の器、左手に洗米の皿を持って踏台から降りようとした。と、着ている服の（私は古い着物を裾長の服に仕立直したものを常用している）裾が踏台に引っかかった。軽い踏台であるから、踏台ごと、ダーンとま横にぶっ倒れた。手は洗米と水で塞がっているから体勢を立て直す暇がなく、手を突くことも出来なかった。大木が倒れるように床に叩きつけられた。畳敷きではない、板の間だ。水の器は飛び、洗米はあたり一面に飛散した。

仕事場であるから誰もいない。モソモソと起き上った。起き上れないかと思ったら、案外たいしたことがなかったらしい。転がっている器や皿を拾い、割れてないかどうかを調べた。ヒビも入らず欠けてもいないことに満足して、箒で米を掃き集め、塵取りに取って水で洗ってザルに上げた。もったいないから夜のご飯に一緒に炊き込むつもりなのである。

その話をすると旧友達はみな眉をひそめて、

「またまたァ……」

といい、「気ィつけてよう、ほんまにィ」が始まった。

「もうこの人に気ィつけてよ、というのん、飽きたわ」

という。私の方だって聞き飽きている。暫くの間、左の腰に痛みが残った。頭も打ったがそこにはカーペットがあったので、「二二ンが四」という必要はなかった。腰のあたりはカーペットのない板の間だったから、痛みは相当のものだった。だが病院へ行くのも面倒なので、暫く横になっていた。いつか眠って、目が醒めたら痛みはやわらいでいた。

仕事が一段落したので私は自宅へ帰り、娘にその話をした。だが娘は、

「ふーん、そう……」

といっただけである。心配もしなければ説教もしない。

「ママくらいの年になるとたいてい骨ソショウ症といって骨がもろくなっているんだって。だからすぐ折れるらしい」

といっても娘は、

「そうらしいね」

といっただけだ。つまり娘はこういうことに「馴れっこ」になっているのだ。彼女が

小学校二年の暮、彼女の父（つまり当時の私の夫）の会社が潰れた。一度は親戚の助けで立ち直ったのがまた潰れた。その時から娘の悲劇は始まったのだが、重なる悲劇はやがて彼女を「馴れっこの人」にしたのである。

「パパのかいしゃがまたつぶれました。

ようつぶれるかいしゃやのう。

パパはなれっこになったのでしょう」

と娘は日記に書いていた。馴れっこのパパを持った娘は馴れっこの娘になり、母親が踏台から落ちて他人はみな心配しているというのに、

「ふーん」

ですんでしまう女になった。しかし私には、

「ふーん、だって！　あんた、冷たいじゃないか！」

と詰《なじ》る資格はないので黙っている。

数日前の寒い朝のことである。私はゴミ袋を指定の場所に出すべく勝手口を出た。我が家は郵便物や原稿の書き損じなどでゴミ袋はいつもサンタクロースの袋のようにふく

らんでいる。片手では持てないのでお腹の前に両手で提げ、男モノのサンダルを履いていた。ひとり暮しの筈なのに男モノのサンダルとは？　ともう三十年も若ければ色めき立つ人もいようが、今はさようなお方は一人もおられぬ。

「ちょっと突っかける時は男モノの方が大きくてすぐに履けるからいいのよねえ」

という人がいるだけだ。そのでかいサンダルを履いて勝手口から数歩歩いた。

と、何かに躓《つまず》いて前のめりになった。いつもの癖で大袋を持っていても大股の早足なのだ。何に躓いたのか確める余裕はない。前のめりにまさに倒れようとするのを支えんと、咄嗟《とっさ》に左脚を前に出して踏みこたえた。

しかし身体には勢がついている。（何しろ大股の早足）すぐに次の一歩を踏み出さなければ前に倒れてしまう。ならじ、と急いで右脚を出した。だがこの男モノのでかサンダルは安物のせいかまるで地面に吸いついたように重たいのだ。一歩、また一歩。サンダルを地面から引き剥がすようにして脚を出す。サンダルは重い。バタン、バタン。ホラ右、ホラ左。

ゴミ袋をほうり出せば手でバランスを取れるのだろうが、両手はしっかりとゴミ袋を握りしめている。サンダルを脱ぎ捨てれば走り易いのだが、脱ぐ暇がない。いやでも交互に脚を前に出しつづけなければ倒れる。上半身は前傾して殆ど「く」の字だ。くの字のまま死にもの狂いで前へ前へと走っていた。

ゴミ集積所の前でやっと体勢が立ち直った。袋を置いて家へ戻りながら、誰か近所の人、二階から見ていないだろうか、と思う。その人はあまりのことに驚くか、笑うか、怪しむか。

「まあ、サトウ先生、どうなさったのかしら」

こういう場合、「センセイ」という言葉はまことに喜劇的だ。

「何やってんだ、サトウのばあさん……」

これなら喜劇的でも何でもないが。

私は竹馬の友であるT子にこのことを話すべく電話をかけた。T子はこういう話を聞くと、人の何倍もびっくりし、心配する人である。それが私には面白いのだ。

「あぶない！　気ィつけてよう！」

案の定竹馬の友は大声を上げて心配し、男モノのサンダルなんかゼッタイ履いたらいかん、大きゅうて重とうて、あんなもん履いてあんた、よく走れたねえ。その時、もしも向うから車が来たらどうするのんよ！　思うだけでゾーッとするわ、とひと頻《しき》りお説教をしてから声を改めていった。

「けど、あんたって何べんもそんな危いことしながら、いつも大ごとにならへんのねえ。それ守護霊さんのおかげやわ。守護霊が守ってくれてはるのよ。そやからそんなことがあった後は必ずお礼をいわないかん。守護霊さま、お守り下さいまして有難うございましたって」

守護霊とは我々の「たましいの親」ともいうべき存在で、我々がこの世に生れる時から、生涯離れずに守り指導して下さる先祖霊だそうである。一口に守護霊というが厳密には主護霊、指導霊、支配霊の三役を総称して「守護霊」というのだそうだ。

指導霊とは我々の趣味や職業を指導している霊魂で、支配霊は我々の運命（新しい出会い、結婚、移転など）をコーディネイトしている。そしてその中心的役割を果しているのが主護霊で、（四百年から七百年前の先祖の霊魂）我々はこの主護霊に似た生涯を送るのだそうである。

だとするとこういうことになるのか？

――私がでかサンダルを履いてゴミ袋を持って歩いている。それを見守っている守護霊さま。あッ、ほら躓いた。慌てるからそういうことになるんだ、オット、ト、ト……、と支えて下されたということなのか。

私が神棚のお水と洗米の器を持って踏台を降りようとしている。それを見守る守護霊さま。あっ踏台に裾を引っかけた！　危いッ！　と抱き止めつつ、守護霊さまもろともにドターン。それで私の骨は折れなかったのか？

更に思えば三年前の厳寒二月の夜半、私は風呂場へ向って裸で走り、風呂場のタイルに滑ってステーンと転倒し、身動きも出来ずに暫く脱衣場と風呂場にまたがってひっくり返ったままだった。だがその時も三十八度の熱が出はしたが、あれほどの転倒でも病院には行かずに十日ほど寝ていたら治った。あれもこれもみな、守護霊さまのお力だったのか？

あれを思いこれを省みると、いやあ、私の守護霊さまってたいへんだなあ、気の休まる時がないんじゃないか。「あッ危い！」「オット、ト、ト」のいい通し。あっちへ走りこっちへ飛び……。

いや、待てよ、守護霊さまは「真理の目」を持っていて、その目でものごとを見ているために、その指導は厳しいものであると竹馬の友はいった。ただ守るばっかりやない。

時には試練を与えはることもあるのよと。

とすると私が慌て者でやたらに転んだり落ちたりするのは、守護霊の試練を受けているということなのだろうか？

けれどこういうこともある、と竹馬の友はいう。霊の世界には悪霊なるものもいて、人にわるさをしかけたり、隙あらば滅ぼそうとする場合がある。その悪霊が私をやっつけようと絶えず狙っているのを、守護霊さまは懸命に守り防いで下さってるのかもしれないと。悪霊の中には生霊というのもあるという。あんたみたいに毒舌吐いて人に憎まれてる人は、生霊に憑かれても不思議はない、と竹馬の友はいった。

ふーん、なるほど、それはあり得るなあ、と反省している折しも、つい昨日のことだ。私は食器棚のガラス戸に顔を突っ込みそうになった。うちの食器棚のガラス戸は引戸ではなく観音開きだが、それが往々にして開きっ放しになっている。「なっている」というとひとごとみたいだが、実は私がしているのだ。食器の出し入れが頻繁な夕食どき、いちいち開閉するのが面倒くさいので開けたまま働いている。それを忘れてタローのごはんを持って走りかけたのだ。何しろ狭い台所、あわや、というところではっと目の前のガラス戸に気がつき、ぱっとのけ反ってことなきを得た。この反射神経は我ながら見事なものだと思うが、これも「馴れっこ」になったおかげかもしれない。

それにしても、守護霊さまって、ほんとに大変だ。「お守りいただいて有難うございます」と日夜いいなさいと竹馬の友はいうが、それよりも守護霊さまはもうヘトヘトではなかろうか。「どうかお大事に」と犒《ねぎら》いたい。

退屈なし

　書斎の窓からぼんやり庭を見ていると、散り始めた白梅の向う、裏隣りの庇の上に小さな鳥が飛んで来て止った。口に何かくわえている。見ているとポロッと落した。何の実か、黄色いまん丸の実だ。
　嘴《くちばし》からこぼれた実は庇の上から地面へと落下して行く――と見るや件《くだん》の鳥はサーッと飛んで落ちて行く実の下に廻り込み、一瞬キャッチした。そのままくわえて庇に戻る。
　これはこれは、たいした腕前、と感心して見ていると、小鳥はまたポロリと実を落した。実は庇を転がって地面に向って落ちて行く。と、小鳥はす早く飛び立ち落下する実の下に廻り込む。パッと捕える。

「ナイスキャッチ！」

嬉しくなって私は思わず叫ぶ。何という鳥か。黒と茶色が混ったような、パッとしないうす汚い小鳥だ。彼は又しても庇の上――落す――落ちゆく実――廻り込んでキャッチ。私は叫ぶ。

「ナイスキャッチ！」

いったいあの鳥はああやって独りで遊んでいるのだろうか？　キャッチボールの相手がいないので、一人でボールをほうり上げては受けている子供のように。それともあるいはあの実を嚙み砕いて中身を食べようとしているのだが、実の皮が固くて嚙もうとすると弾けて口から飛び出してしまうのかもしれない。

そんなことを考えている間も「汚な鳥」は落しては捕り、捕っては落しをくり返している。

ああ春だなあ。春が来たのだ。

またしても春が。

この猥雑な人間どもの暮しをよそに、自然は人工に侵害されながらも黙々と移り変り、鳥たちは素直にそれに従って春を楽しんでいるのだ。何というささやかな楽しみ！　可憐な生の営み！　私はしみじみと優しい気持になる。

そのとたん、

「ハ、ハ、ハ、ハ、ハークション！」

この数日来の花粉症の爆発である。ハ、ハ、ハ、ハ、とつづくのは故意にマンガチックに表現しようとしているのではない。クシャミを誘導するムズムズの奥の奥から、なかなかクシャミの本体が出てこないのだ。そのため「ハ、ハ、ハ、ハ、」といいつつクシャミ大王を呼び出しているのである。だから愈々大王が出てきた時は、

「ハークション！」

あたりの物を打ち倒し吹き飛ばす大爆発となる。それが何ともキモチいいのである。シブリ腹の後、一瀉千里という趣でシャーッと出るものが出た時の快さと甲乙つけ難い快感だ。

「ちょっと聞きたいんだけど、どうしてそんなにもの凄いクシャミをするの？」

娘が改まって訊きに来るほどのクシャミだ。このクシャミによって私はこの十数日に

わたって籠りに籠った鬱屈を吐き出しているのだ。その発散のためには思いっきりの大爆発でなければならないのである。

花粉症はもう二十年来の馴染みの病気だが、今年は殊に酷《ひど》い。二十年前、この病気は老人には出ませんと聞いて年をとるのを楽しみにしていた。にもかかわらず、この頃は老人も罹《かか》るようになったと数日前の新聞に出ていた。それでは死ぬまで私の春は憂鬱だということになる。今に桜の便りを聞くようになるだろうが、さくら？　それがどうした、という心境がもう二十年もつづいているのだ。

今年は例年より早く、春の気配が漂うのと同時に始まった。風があってもなくても一歩も外に出られない。お手伝いのNさんが来ない日はゴミ出し、タローのゴハン、ポストへ郵便を取りに行くのさえ覆面をして、その姿を鏡で見ると、さながら盗賊団の女頭目という趣だ。Nさんが風呂場の掃除をした後窓を閉め忘れた。と、遥か離れた（というほど宏壮な家でもないが）居間にいても突然、クシャミ、ハナミズ、涙が噴出する。何のことはない、「戸締りセンサー」だ。腫れた顔してムッと書斎に坐っている。

そんな騒ぎの中に一通の葉書が舞い込んで来た。

「如月の候
一億円の小切手
右記の一億円の小切手があれば三菱銀行に預けて利子が一割だからそれを本代にしてあまった金で六万円か七万円のジャンパーを購入しようと思います。今あたり貯金は二千円です。僕に一億円の小切手やはたまた貯金通帳をもたせて下さい。
早急に私に本代や薬代や文房具代をもたせて下さい。私に小切手や貯金通帳をもたせて下さい。今の所、貯金は二千円です。キャッシュで二百万円もたせて下さい。
敬具」

この葉書の主については過去に何度か書いているが（ネタがないと彼を連れてくる）自分が佐藤栄作と佐藤愛子の間に生れた子供だと思い込んでいるアノ彼である。数えてみると葉書や手紙が来始めて二十八年になる。このところ沙汰がなかったので、どうしてるのかねえ、と先頃も娘といっていたところだった。
ああ、元気でいたのね、と懐かしむ気持である。二十八年前、確か彼は十七か八だった。その頃は「大学進学のための必要」だといって金を要求していたが、それが今は

「ジャンパー購入」になっている。「如月の候」に「敬具」は昔のままだ。如月が季節によって弥生になったり卯月になったりして「ぼく」ではなく「僕」と書いたり、「はたまた」などというところ、かつては国語が得意の文学高校生だったのかもしれない。あんたも年とったでしょうねえ。私は七十三になりましたよ、と話し合いたい気分だ。元気でいてほしいとしみじみ思う。これも昔馴染みだ。来る日も来る日も窓を閉め切って人にも会わずにいると、こんな葉書でも慰めになるのだ。

と、卓上の電話が鳴る。

「ヤツだな」

と私は思う。「ヤツ」というのは半年ほども前から無言電話を日に何回となくかけて来て、「もしもし」というとガチャン！　と切るイマイマしいヤツなのである。多い日は二十回ほどもかかる。声を出さないので男か女かわからない。それが暮も正月も休みなくつづき、春になってもまだやってる。

先日あまりのうるささに「迷惑電話おことわりサービス」をNTTに申し込んだ。かかってきた電話が悪戯《いたずら》だとわかると、すぐに1442をプッシュする。すると先方の電話番号が直ちに登録されて、「この電話はおつなぎ出来ません」というメッセージが入ってシャットアウトする仕組になっているのだ。

だがその登録には三十回という限度があって、それ以上になると最初の登録から順番に解除されていく。しかし三十回がいっぱいになるまでかかったという例はありませんから大丈夫でしょうとＮＴＴの人はいった。

電話が鳴る——受話器を取る——ガチャン——直ちに１４４２をプッシュ——メッセージ「ただ今は××回です。電話番号を登録しました」——シャットアウト！

——ザマァミロ。

と私は勝利のほくそ笑みを洩らしていた。電話が鳴るのが楽しみでならない。だが喜んだのも束の間、あっという間に（三日ほどで）三十回は過ぎ、メッセージの声が、

「限度数を越えましたので最も古い電話番号を取り消し只今の番号を登録しました」

というようになったのだ。ヤツは自分の家の電話が封じられたので、あちこちの電話を使うことにしたらしい。しかし一回かけるとすぐその番号は封じられてしまうから、電話から電話へとハシゴをしているのだろう。以前よりは頻度が減っているのは、今は遠くまで公衆電話をかけに行っているためなのだろう。

今日も彼は通じる電話を求めて東京の街をさまよっているのか。南風が吹きまくり、

我が庭は土埃が舞い上っている。その風の中、彼は電話を求めてひたすら歩く。私は閉め切った窓ガラスの中で、ハ、ハ、ハ、ハークション！　これをアウンの呼吸といわずして何といおう。

折しも鳴る電話。ハナを拭き拭き１４４２！

涙を拭き拭き次の電話を待つ。今か今かと待っている。ジリリと鳴るとふるい立つ。迷惑電話を迷惑がらずに待つ——これが花粉舞うこの辛い日々を強く楽しく生きるコツなのである。

一歩も出なくても人に会わなくても、ことほど左様に退屈はしないのである。昨夜は民主党の代表菅直人氏に、三人の女がいるという夢を見た。その女の一人がなんとこの私なのだ。

私を含めた三人の女は連れ立って競馬場のような所にいる。我々は直人さんが来るのをそこで待っているのだ。ところがふと気がつくと女の一人が消えている。そうしてここへ来る筈の直人旦那も来ない。

ハハーン、と私は思う。これはひそかに二人で申し合せて我々を出しぬき、どこかへ行ったにちがいない。ウーム！　約束違反じゃないか！

私は侮辱を覚え、もう一人の彼女にいう。

「あの二人、きっと申し合せてどこかへシケ込んだんだわ！」

彼女と共に憤慨するつもりでいっているのに、彼女は何の反応も見せず、気の抜けたような顔で、「ふーん」というだけだ。なんて鈍感なんだ、この女は。せっかく一緒に怒ろうとしているのに、なぜ怒らない……。「ふーん」とは何だ、「ふーん」とは……。

はじめは競馬場らしい馬場前の生垣の所にいたのだが、いつか観客席の中ほどに我々は坐っている。私の隣りの椅子が白々と空席なのを私は横目で睨む——。

あの女は三人の中で一番美人だった。こってり化粧の年の頃は三十八、九。鈍感女もそれくらいの年。私はいったい幾つなのか？——わからない。

それにしても菅代表と私の関りは現実では何もない。会ったこともないお方だ。そのお方が夢に登場されたとは意表を突く。なぜかと考えてみた。するとあの夜、ある雑誌で政治評論家が菅代表のことを褒めているのを読みながら眠りについたことを思い出した。それがもとなのかもしれない。

そのうち思い出したことがある。その昔、菅さんが参院選に初出馬した時、送られて来たPRのビラを見てふとカンパする気になり、一万円を送った。そのビラに記されていた菅さんの真面目な抱負に感じるものがあったのだろう。それとも当時の菅さんをオトコマエと感じたのかも。（だがカンパの領収書が来ないといって私は怒り、選挙事務所へ電話をかけたりしたのだった）それ以後菅さんのことは忘れていた。

翌日、たまたま花粉見舞いに来てくれた年下の友人に私はこの話をした。話を聞き終ると彼女はいった。

「わかりますわァ。そんな夢見るとその後、しばらくの間夢見心地というか、何かしらロマンチックな仄々《ほのぼの》とした気持になって、夢に見た人が慕《した》わしくなっていますでしょう？」

「いや、べつに慕わしくなりはしなかったけど、ただ……」

「ただ？」

と期待に満ちた目を向ける。

「ムカついた気持が残ってたわ」

「ああ、嫉妬のホムラですのね？」

「いや、そんなんじゃなくてね。もう一人の女がボーッとしてて、わたしと一緒になって腹を立てないことへのムカつきよ」

ここが若き血が流れている頃とは違うところだ。何年か前ならば嫉妬のホムラはいつまでも胸に残り、萱日那憎しの何やらうっとうしい気持がつづいたのかもしれないが。

ああ七十三歳の春。

夢醒めた私の胸には嫉妬のホムラの影もなく、あののっぺりと白かった鈍感女へのムカつきが薄らいだ後は、ただ憮然たる思いが尾を曳いているだけなのであった。これぞ年相応に「枯れた」ということであろうか。

だが花粉にだけは枯れずにこのハナ、いまだに生々しく反応しているのである。

理想の孫ムコ

孫のモモ子はシンちゃんと「ケッコン」したという。シンちゃんは幼稚園のさくら組、モモ子と同級生の男の子である。幼稚園の前にあるコドモ公園でシンちゃんがモモ子に、

「モモちゃん、ケッコンしようか」

といったのでモモ子は、

「うん」

といった。それで二人は手をつないで公園を出て来た。手をつないで歩くとケッコンしたことになるのである。

去年の春、幼稚園の運動会を見に行ったら、男の子はどの子も短い半ズボンをキリッと穿いている中に、一人だけダブダブで、膝の下まで下っていて、しかもなぜか右左の長さが違うという男の子が目についた。その上ハイソックスがグズグズで片方が上っていて片方は下っている。シャツはズボンの上にダラーンと垂れていて、運動靴の後ろをペチャンコに踏んづけている。

ひと目で私はその子が気に入った。運動会の間じゅう、孫の方は見ないで微笑ましくその子ばかり見ていた。遊戯の時も歩く時も何だか投げやりで、一所懸命にやっていない。それがシンちゃんである。

シンちゃんは私の理想の男の子なのである。昔懐かしい子供だ。コドモコドモしたマコトの子供だ。私は娘にそういった。娘はなるほどね、ママの気に入りそうな子だわ、といって、以来シンちゃんの動静を報告してくれる。

「シンちゃんは今朝、幼稚園の入口でお母さんにほっぺた叩かれてたわ。何をしたんだか知らないけど、いきなりパンパンって音がしたから見たら、シンちゃんがビンタくらってたのよ」

「シンちゃんはどうした？」

「泣かないのよ。平気で面倒くさそうに『ゴメン！』っていってるの。多分、馴れてるんだわ」

ますます気に入った。シンちゃんのお母さんも気に入った。母親たるもの、子たるもの、こうでなければいけない。こうして幼時より鍛えに鍛えられてこそものに動じぬ強い人間が出来るのだ。それを何だ、今の母親は——と始めると、娘は、

「何かというと子供の気持をわかってやらなければということばかり考えて、ヤワな人間を作っている……んでしょ」

と私のいいたいことを先取りする。それだけわかっているのなら、明日のモモ子の弁当のデザートは何にしよう、などと思案するのはやめろといいたい。

「デザートだと？　フン！」といいたい。

なにがデザートだ。わたしの子供の頃の弁当なんていうものは、

「ネコメシ、ノリのダンダン、それだけ。それに日の丸べんとう……おかずなしの梅干ひとつだけ……だったんでしょ」

とまたしても娘は先取りする。

「それでもこうして元気イッパイ、七十四歳を迎えようとしてるんでしょ」

それはさておき、この間、テレビで女のストーカーの連続ドラマを放映していた。最初に見たのは何回目だったのか知らないが、とある会社の妻子ある課長が同じ会社の女の子に惚れられ、酒に酔わされ据え膳を据えられてコトに及んでしまったというのが発端である。その女が妄想狂のようになって課長につきまとう。

出だしの方を見ただけでその後の経過はわからないが、ある夜チャンネルを廻すと見憶えのある女ストーカーの顔が出て来たので、ああまだやってたのか、その後はどんな具合か、と見た。その女ストーカーになる女優さんは微笑すると唇の両脇に微かな皺が現れるタチの顔で、その皺が何とも淫靡《いんび》で邪悪な気配を漂わせる。プロデューサーはこの皺に目をつけて彼女を主役に選んだのかもしれないなどと思いつつ見ているうちに、だんだん腹が立ってきた。

女ストーカーに腹が立ったのではない。彼女に一方的にやられて手も足も出ない課長に対して、である。彼は会社ではまことに有能で、上司の信頼も頗《すこぶ》る厚いエリート社員だ。新築らしい瀟洒な一戸建に二人の男女の幼な子と美人の妻とで優雅に暮し、高価そうな大きな犬も飼っている。

ところがこの課長、会社では有能らしいが、何とも意気地がない男なのである。酔った揚句のイッパツがもとで女ストーカーにつきまとわれ、結婚を迫られるがただ困り果てるばかりで何の方策もない。

それを見ている時、丁度来合わせた人が、

「おや、佐藤さんはこういうドラマがお好きなんですか」

といったが、べつに好きで見ているのではなかった。この意気地なし男がいったいどこまで意気地がないか、見届けてやりたいという気持になっていたのだ。

といっても毎回、欠かさず見ていたわけではない。テレビチャンネルを廻している時、あの唇脇に皺を寄せた薄笑いの女の顔がふと出てきて、ああ、まだやってたのか、どれどれ、その後はどうなった？　という感じで見たり、また見なかったりというあんばいだった。

ある日見たら、女ストーカーが出刃庖丁を持って課長の家に侵入しているではないか。どうやら彼女は想像妊娠で、妊娠を口実に結婚を迫っているらしい。そして課長の妻子がいるために結婚出来ないと思いこんで、妻子に殺意を抱いたのだ。

課長の家のテラスのガラス戸が割られ、犬小屋も犬も真赤なペンキを撒かれて、一見血塗られたようになっていたりする。この犬がまた図体ばかり大きくて、何の役にも立たないボンクラ犬なのだ。主家の危急もどこ吹く風、赤ペンキにまみれてノターッとしている。

女は手当り次第に家具や飾り物などを打ち壊しながら出刃庖丁を持って妻子のいる二階へと上って行く。普通なら見物はここで、ハラハラドキドキして拳を握って女ストーカーを憎み、妻子の無事を祈るという気持になるのだろうが、私の心臓はハラハラするよりも憤怒のために高鳴ったのである。

といっても女ストーカーへの憤怒ではない。エリート課長への怒りだ。とにかく彼は弱い。それにヘマばかりしている。大きな物音がして居間のガラス戸が割られる。彼はその場に駆けつけるが、機敏に動かずボーッと眺めているばかりなのだ。その背後の階段を庖丁握った女がやすやすと上って行くのにも気がつかない。妻の悲鳴でやっと駆けつけ、女と揉み合うが、女の方が強い。あっけなくやられ、血を流しながら、

「逃げろ！　逃げろ！」

と叫ぶ。逃げろといっても二人の幼な子を抱えて部屋の隅に追い詰められている妻は、どこからどうやって逃げればいいのか。簡単にいうな、と私が妻なら怒鳴り返すところ

だ。だが、この妻はただただ怯えて、

「やめて！　やめて！」

と叫ぶばかりである。やめてといえば、やめてくれる相手なら問題はない。やめない相手であることがわかっているのに「やめて」としかいえないこの美人妻に私は切歯《せっし》扼腕《やくわん》する。

かつての大衆映画はこうでなかった。男は女に向って、

「逃げろ！」

と叫びはするがその後が違う。「逃げろ」の一言には力が籠っていて（ああ、懐かしの三船敏郎！）いきなり悪者はやられてノビている。あるいは一目散に逃げる。そこで見物はホッとし溜飲を下げたのだ。

今は「逃げろ」と叫んでやられてる。

けどこれはリアリズムなのよ、と娘はいった。リアリズム？　なるほど。今の男は有能な会社人間ではあるが、男としての力はゼロというわけか。

つまりそういう男を作ることを日本の教育は目ざしてきた。そういえば迫る女ストー

カーに怯えた妻が警察を呼ぼうというと、このエリート課長はこういう。

「悪いのはボクだ。ボクさえあんなアヤマチをしなければこんなことにはならなかった」

だから警察は呼ばないというのだ。反省してる場合か、といいたい。戦後のやさしさ教育、仲よしごっこがかかるフヌケを作った。愛する家族、弱い幼な子を守る力がないのなら警察に頼るしかない。だが、彼はそれすらもしない。自分で自分を論評して、なすすべなくやられてる。

そのうちどこからどう外に出たのか、「やめて」の美人妻と二人の子供は草原を必死で走っている。今に誰かが転ぶぞ、と思って見ていると、案の定、子供が転ぶ。(「パターン、パターン」と私は叫ぶ)それに追い迫る庖丁女。

「亭主はどうしたんだ！　フヌケ亭主は！」

と私は叫ぶ。折しもどこをやられたのか、足を引きずり引きずり、漸く夫が現れる。

と、その時、泣き声が聞えた。テレビの中からではない。モモ子が泣いているのだ。

「こわいよゥ！　やめてェ」

と泣いている。

「こわい？　何がこわい！」

私は上の空。こんなものをこわがってどうするか。

「やめてェ、ほかへ廻してェ」

「なにいってるの、面白いじゃないの」

と娘。孫は泣く。私は怒る。

「うるさいな。静かにしなさい。これもベンキョウです！」

このアカンタレ夫婦、どこまでアカンタレか見届けてやらねば、という気持だった。

ところでモモ子とシンちゃんのケッコンについて、私は「シンちゃんならよろしい」と祝福した。シンちゃんはエリートにならないかもしれないが、敵と闘って家族を守る男になるだろう。（当今の世相を見ると金の亡者はみなエリートだ。エリートは妻子に恥辱を与え、且《かつ》国を穢している）

でもシンちゃんは時々、ハナをたらしているよ、と娘はいう。私は、

「ハナタレ、結構」

と頷いた。昔は子供とハナタレはつきものだった。ハナタレ小僧は強かった。ハナタ

レ小僧がいなくなったことと、日本の男が弱くなったこととはあるいは関連があるのではないか？　昔の子供にアトピー性皮膚炎などというアレルギー性の病気はなかった。それはハナをたれてアレルギーのモトを排出していたからだという説がある。私はそれに賛成だ。

「シンちゃんが泣くとすごいのよ。地団太踏んで、地面に大の字になるんだから」

「よろしい。エネルギーが横溢している証拠だ」

モモ子ばかりでなく、私は日本の前途をシンちゃんに托したい。

「この間、モモ子がマサユキくんから、とっても大きなドングリを貰ったのよ。それが嬉しくてモモ子はそれをシンちゃんに見せたの。そしたらシンちゃんは」

「もーらい！」

といってドングリを取って逃げたので、モモ子は泣きながら追いかけた。シンちゃんのお母さんがそれを見て、

「シンちゃん、返しなさい」

といった。シンちゃんは、

「アイ」

といって返したという。

「よろしい、ワンパクでも素直なところがよろしい」

と私はどこまでもシンちゃんの味方なのである。

そんなある日、モモ子は泣きながら外から帰って来た。娘とモモ子が買物に出かけたところ、道端でシンちゃんが遊んでいるのと出会った。シンちゃんはモモ子を見つけ、

「やあ、モモちゃん」

といって近づいて来たと思ったら、いきなりモモ子にボクシングの真似をしてポカポカと殴りかかったので、モモ子はびっくりして泣いた。私は泣きじゃくっているモモ子にいった。

「シンちゃんはね、モモ子が可愛いからそんなことしたのよ……」

多分それはシンちゃんの愛情表現なのだ。泣くことはない、そういって慰めていると
そばから娘がいった。

「それでモモ子はシンちゃんのおなかにパンチを入れたのよ」

「えッ、やり返した？」

「そうよ。泣きながら殴り合いになったのよ」

うーん、結構。頼もしい。ばあさんは安心した。この後は日本のやさしさ教育、仲よしごっこ教育が、この頼もしい幼な子をフヌケに作らぬよう祈るばかりである。

ゴミ虫

二月の末から始まった花粉症がまだ治らない。杉花粉はとっくに散り尽した。例年なら四月の初旬には完治しているのである。共に花粉症に悩んだ人たちはみな治ったといっている。

なのに私は五月に入ってもまだ朝からクシャミの連発だ。丸二か月クシャミをし通していると、さすがに疲労が重なって何をする力もなくなった。一年連載の新聞小説が三月一杯で終ったので、その疲れのせいもあるかもしれない。次の仕事に取りかからねばならないが、二か月間、とっかえ引っかえ飲んだ漢方薬のためか胃は重く頭は靄《もや》がかか

ったよう。恢復の兆《きざし》はない。

世間で通用しているので「花粉症」という病名を使ってきたが、私のこの病状は花粉ではなく空気の汚濁、チリ埃が原因らしいことを私は前々から感じていた。十年余り前にこの症状が起きた時からみると、年々酷くなり、今年などは花粉が飛ぶ時期が過ぎても少しも軽くならないことを見てもわかるのである。

私のハナノドは大気汚染のバロメーターということになるのかもしれず、だとすると文明の進歩に伴って年々重症になっていくことは明らかである。もはや春も夏も秋も冬もなく、死ぬまでクシャミをし、ハナミズを拭きつづけなければならないのか。そう思うと暗澹《あんたん》としてくる。

そんな暗澹とした気分が少しでも晴れれば、と考えてクシャミをしながら私は逗子へと出かけた。逗子には私が仕事場と称している部屋がある。マンションの八階で逗子湾を見下ろしている。ここを仕事場と定めた四年前は、湾の向うに、晴れた日は必ず富士山の麗姿を望み見ることが出来たのだ。だが今は晴れ上った早朝でない限り富士は見えなくなってしまった。汚濁した空気は今や都会ばかりでなく、海を山を我々をすっぽり包んでいるのであろう。

ここへ来てもやはり私はクシャミをしてはハナをかんでいる。日本国中、どこへ行っても多分、同じなのである。どこまで逃げてもこの大気の中で生きている以上「クシャミハナミズの素」は体内に侵入してくるのである。

「二十一世紀！　輝く世紀が待っている！」

なんてどこのノーテンキがいっているんだ。二十一世紀は地球が滅亡に向う門口ではないのか？　ハークション！

飛び散るミズバナを拭き取ったティッシュを丸めてエイッと屑籠に投げ入れる。屑籠は忽ちいっぱい。ティッシュの箱はあっという間に空。

暗澹としたまま何も手につかない。いや、暗澹としなくてもこのクシャミ、ハナミズ、流れる涙の中では何も出来ない。

要するにこの文明が災いを撒き散らしているのである。我々は便利快適を望むあまりに快適な暮しを失うところまで来てしまった。日本は、いや地球は腐りつつある。今のうちにこれ以上の科学文明の進歩を止めよ。不景気だっていいじゃないか。カネカネといいなさんな、みんな貧乏になろう。コンピューターを捨てよう。不自由に耐えよう。

かつてのように鼠やゴキブリとひとつ家に共生しよう。街角で生ゴミを漁る烏の姿は地球が腐り行く前兆ではないのか？

からすなぜ啼くの。からすは山に、可愛い七つの子がいたからだ。それで烏は、

「カーワイ　カーワイ」

と啼いたのだ——。今は黙って生ゴミを漁ってる。

この怖ろしい毒々しい光景に我々は馴れてしまった。烏を目の仇にして退治法を考えている。烏の頭のよさを憎んでいる。かつては、夕焼小焼で日が暮れて、山のお寺の鐘が鳴ると子供たちはおててつないで家へ帰った。からすと一緒に帰りましょう、と歌ったものだ。

こどもがかえったあとからは
まあるい大きなお月さま
小鳥がゆめを見るころは
空にはキラキラきんの星

チェッ！　涙が出てくるよ、星なんか何も見えないじゃないか！

だがそういいながらこの私もまた、日本人を呑み込んだ「快適への驀進《ばくしん》」に乗っかっているこの矛盾。ああこの暮しをいかにせん。


そんな所へ暢気な顔で二階から降りて来たのは娘と孫。孫は「たまごっちのニセモノ」なるものを大切そうに手にしている。ホンモノのたまごっちはなかなか手に入らないが、ニセモノは簡単に買えたのだと娘も満足そうである。たまごっち、たまごっちと大ブームらしいが、いったいどんなものかさっぱり知らなかった。手に取って眺めたが目の悪い私にはよく見えない。玉子型の懐中時計のようなもので、プラスチックの下に何やら虫みたいなものがピョコピョコ動いているのが見えるだけである。その虫みたいなゴミみたいなものを大事に育てるのが面白いのだそうだ。

ではどうやって育てるのかというと、Aボタン、Bボタン、Cボタンがあって、場合に応じてそれを押し、空腹であればゴハンを食べさせ、退屈していれば遊んでやり、ウンコをしていれば掃除をしてやる、というふうに気を配って世話をするのだ。気配りを怠ると呼び出しサインがピュルルルと鳴る。ウンコの掃除をしないでほうっておくと病気になる。病気になると注射をしてやらなければ死んでしまう。ほったらかされて死んだときは、頭に三角をつけ、怨めしそうに口をへの字に曲げているが、十分に世話をされて天寿を完《まっと》うした時はにっこり笑いつつ天国へ向うのだそうだ。

娘の説明を聞きながら私はただ「へーえ、ふうん……」というばかり。

病気になった時は、なぜわかるかというと、ガイコツが現れるのだ。ウンコの掃除はどうするのか。ボタンを押して箒を取り出せばウンコは消える。ウンコはいつ出てくるのか。訊くと、それはわからない。いきなりヒョッコリ出ているという。だからしょっちゅう注意して見守ってやらないといけないのだそうだ。

私は「いきなりヒョッコリ出ている」というウンコを見たくなった。だがいくら見たくなってもウンコは出る時が来なければ注文通りには出ないのだと娘はいう。

「ウンコが出る時っていつ？」

「だからそれはたまごっちの都合だっていってるでしょ」

「是非、見たいものだわね」

「じゃあ、じーっと見て待ってるよりしようがないわね」

そうか……といって老眼鏡をかけて目を凝らす。虫みたいなゴミみたいな奴はピヨコピョコ絶え間なく動いている。じーっと見つづけるが、何の変化もない。目が疲れて来たが、視線を逸らした瞬間にウンコが出たら、と思うと瞬きも出来ない。

そのうちコメカミがジンジンして来た。しかしここでやめて、その瞬間に出てしまっては口惜しいので我慢する。肩が凝り、目まいがしてきた。もう何も見えない。助けてくれェ、と叫びながら最後の力をふり絞って凝視する。

「なにやってんのよ。いい加減にしなさいよ。ほっといたらそのうち出るわよ」

と娘はいうが、出たものを見ても面白くないのだ。どんなふうに出てくるかを見たいのだ。

と、突然ひょっこり出た。ウンコが。湯気が立っている巻きウンコが。

「出たァ、バンザイ！」

その声に孫が走ってくる。娘が箒を出して掃除をしようとするのを、孫が自分でやりたがる。「ダメ！」と娘は叱って押しのける。私もウンコの掃除をしてみたい。だが娘と孫が取り合いをしている中へばあさんが割りこむのもどうかと思われる。娘は急いでウンコを消してしまった。孫は泣く。そして虫みたいなゴミみたいな奴は大口開けて喜ぶ。その大口の喜びようを見ると何だか可愛らしくなって、思わず私はワハハハと笑ったのであった。

暫くすると孫は貝を拾いに海岸へ行きたいといい出した。行っておいで行っておいで、と私。夏までに書き上げたい小説の、せめて資料だけでも読んでおきたいのだ。ゴミ虫がウンコをしたの、お腹を空かしてるのと後ろでワイワイやられては気が散ってしようがない。

二人は出かけて行き、私はやれやれと資料を読みにかかる。するとピュルルルー……どこからか、聞いたことのあるような音が聞えてきた。何だろう？　と考えて、あっと気がついた。

そうだ、ヤツだ！　ゴミ虫だ！

次の間へ行くとテーブル上にそやつがのっかっている。手に取って見ると湯気の立っている例の巻きウンコが出ているではないか。だがどうやってそれを消せばいいのか、箒はどうすれば出てくるのか、わからない。だからあの時、母子で取り合いなんかして、私を近よらせないものだからこういうことになるのだ。

私はゴミ虫を手にうろうろする。ウンコをほっといたためにへの字口をして死なれては困る。うろうろと窓の所へ行き、救いを求めるように目の下の海岸を見渡した。遠い砂浜に孫の赤いパンツと麦藁帽子が見つかった。かがんで何やらしている。その傍にいるおばちゃん風が娘だ。

ノンキに貝なんか拾ってる場合か。窓を叩く。叩いたところでどうにもならぬのだ。わかってる。だが私は叩く。叩いているとゴミ虫はまたピュルルルーと音を出した。ウンコを早く取れと催促しているのか、それともほかの要求なのか、私にはわからない。もうどうにでもなれ、とあてずっぽうにボタンを押した。押しまくった。押しまくっているうちにウンコはふと消え、ゴミ虫は大口開けて笑い顔。

やれ嬉しやと思う間もなく、またピュルルルー。仕方なくまたボタンを押しまくる。するとゴミ虫は消えて何やら出て来たものがある。だが老眼鏡をかけていてもあまりに小さくてよく見えない。ルーペ、ルーペ、ルーペはどこだ。さっき使った筈だが慌てているので見つからない。

「落ちついて、落ちついて」

と自分にいう。たかがニセたまごっちのゴミ虫じゃないか。と思いつつなぜか慌てている。このゴミ虫がなんだか本当に生きている奴のように思えてきているのだ。ゴミ虫め、じれたようにピュルルルとまた鳴る。

「いったい、何だというんだ！　お前は！」

片手にルーペ、片手にゴミ虫。老眼鏡はずり下って鼻の先。ボタンを押しまくる。

すると突然、四つの白い菱形が現れた。もう一度ボタンを押すと、ゴハンが山盛りの茶碗が現れ、ゴミ虫が大口を開けると、山盛り飯がパッと消えた。また押す。山盛り飯が出る。ゴミ虫、パクリ。また押す。またパクリ。また押す。パクリ。ルーペで見るとゴミ虫め、顔中に満足の笑いを広げていた。さっきのピュルルルは「ハラがへった」というサインだったのだ。


ああゴミ虫。ニセたまごっち。

お前はいったい何なんだ。

僅か二、三時間の共苦労（?）をしただけで、私はゴミ虫が気にかかるようになった。夜中に目が醒めて、ゴミ虫め、どうしているかと思い、ノコノコ起きてダイニングのテーブルまで見に行ったらゴミ虫は布団を着て、電気を消して寝ていた。

翌日、ゴミ虫は成長して頭にＶの字の毛のようなものが生え、三角のクチバシ様のものが出ているではないか。彼はもうゴミ虫ではなく、ヒヨコ風になっている。生意気にも彼は「成長」したのである。「退屈」というサインをピュルルと出して娘に遊んでもらったりしている。何をして退屈しのぎをするのかというと、「アッチ向いてホイ」をするのだ。勝たせてやると喜んで笑うが、負けると口をへの字にして機嫌が悪くなる。だから娘は勝たせてやるのだという。

「どれ」と私は娘に代って「アッチ向いてホイ」をやる。徹底的に負かす。と、奴はしまいにイヤイヤをしてやらなくなる。

「よし、お仕置きだ！」

「しつけは大切です。わがままをいったら叱って下さい」と説明書にあるのだ。「おしおき」を出すと、ムチをかざした男が現れてムチを振う。ここが気に入った。「これが世紀末のオモチャか、ここにも人類衰亡の兆あり」などといっていたけれど。いや面白い。クシャミしながら孫と取り合いっこしてる。

電話戦争

去年の夏頃から始まった無言電話をシャットアウトするために「迷惑電話おことわりサービス」をＮＴＴに申し込んだことをここに書いたのは三か月前だったと思う。こちらが受話器を取るなり、ガチャと切ってしまう無言電話の男とも女とも人とも悪霊ともわからぬ正体不明の奴だが、向うがガチャと切った後、間髪入れず１４４２とプッシュすると、今かかった番号が登録されて、次に同じ電話からかかっても「この電話はおつなぎ出来ません」という声が入ってシャットアウトされるのである。
それによって今まで日に十回以上はかかっていた電話が、四、五回に減った。という

ことはテキはあっちの電話、こっちの電話とシャットアウトされていない電話を探してはかけているものと思われ、

——電話のハシゴをしてるのね、ご苦労さん！

と私は勝ったつもりで喜んでいた。そのうち、かけられる電話はなくなるだろうと思っていたのだ。

しかしこのシャットアウトの回数には三十回という限度があって、三十回に達すると最初の（一回目の）シャットアウトの番号から順次取り消される。もしかしたらテキはこの仕組をよく知っていて、かけた電話のありかやかけた回数を克明にメモしておき、シャットアウトが解除された電話を使うようにしているのかもしれない。あれから三か月、回数は減ったとはいえ電話はかかりつづけているのである。

私は応答がないと知るや、瞬時に１４４２を押す癖がついてしまった。ある日、懇意にしている人から二階にいる娘の所に電話がかかり、「お母さまはどうかなさいましたか？」という問合せがあった。何回かけても「この電話はおつなぎ出来ません」というメッセージが返ってくるというのだ。

老いてますます慌て者になっている私だ。すぐに応答のない電話には、あと先考えず

に１４４２を押す。いや慌て者というよりも、負けん気が先立っているのかもしれない。受話器を取りつつ、はや１４４２を押すべく身構えているのだもの。そんな癖がすっかり身についてしまった。その人からの電話は前の三十回分が解除されるまではシャットアウトされつづけることになってしまったのだ。

ある日、女学校時代からの友達（親友というか珍友というか、あるいはひとつ穴のムジナというか）である「サキサン」から電話がかかってきた。この「サキサン」は「サ」にアクセントを置かず「キ」に置いて呼んでいただきたい。どうでもいいことのようだが、東京風に「サ」にアクセントを置くと彼女の感じは出ないのである。

そのサキサンがいった。

「アイコ、どないしたん、あんたとこの電話」

この「アイコ」も「ア」にアクセントを置かず「コ」に置いていただきたい。

「何べんかけても女の声が、『この電話はおつなぎ出来ません』ていうねんわ」

あっ、またやった！

「あんたね、こっちでモシモシというてるのに、すぐに返事しなかったでしょう？」

かくかくしかじかと説明すると、サキサンは私の粗忽を怒るよりもそんなにしつこい無言電話があるのかと驚き、すっかり感心してしまった。

サキサンはピアノの先生をしながら娘のNチャンと二人暮しをしている。Nチャンは二階に自分専用の電話を持っているので、サキサンは仕方なくNチャンの電話でかけてきたのだ。

「そんなら私の方から電話出来るようになるには、あと三十回、無言電話がかかって順々に解除されんならんというわけやね？」

サキサンはそう納得して、Nチャンの電話を使うようになった。ところが「サキサンの長電話」といえば友人間で知らぬ者がないくらいで、一時間二時間は普通、最長記録は朝まで七時間というのがある。電話料は月に十万近い。かつて夫なる人がいた頃、夫婦喧嘩で電話料のことをいわれるのが一番の急所だったという人だ。Nチャンの部屋では二時間も三時間も心ゆくまでしゃべることが出来ない。

「ママ、電話料払ってよ！」

といわれたと歎いている。

「なんとかならんの？　アイコ」

何べんいわれても、一旦シャットアウトの登録をしてしまった番号は（無言電話の主がせっせとかけてくれない限り）どうすることも出来ない。

それから何日か経ったある日、電話が鳴って、彼女のはり切った大声が、

「かかったよォ！」

と叫んだ。

「えっ、かかったァ？」

そんな筈はないのだ。あれ以来、無言電話をシャットアウトしたのはせいぜい十回くらいである。

「けど現にこうしてかかってるんよ！」

シャットアウトされていることがわかっているのに、ふとかけてみたところがいかにもサキサンらしい。その翌日、またかかってきた。

「今日はかからへんかった。それで今、N子の電話使《つこ》てるんやわ。これ、いったい何やろ？　かかったりかからなんだり……」

それ以来、日に何度もかかってくるようになった。

「いやァ、今かかったわ」

「やっぱりかからへんわ。これ、N子の電話……」

といちいち報告が入る。そして必ず、

「いったい、これって、なにィ？」

という。これってなにといわれても私はNTTではないのだ。答えられるわけがない。

この人は少女時代から物ごとをとことん究明せずにはいられない情熱家だった。ふと何かに囚われると、それが頭にこびりつくのだ。彼女にご亭主がいた頃、ご亭主が浮気をしているのではないかという疑惑がこびりついた。ご亭主が京都へしばしば行くのは、京都の酒場のママとデキているのではないかという疑惑である。一度頭を擡《もた》げた疑惑は次の瞬間こびりついた。彼女は酒場の前に張り込んで、ご亭主がやって来る所を見届けずにはいられなくなり、私に同行を頼みに来た。そこで私は（原稿の締切を無視して）彼女と共にはるばる京都の先斗町《ぽんと》まで行き、折しも降り出した雨の中、夕暮の電柱の蔭に立ちつくしたのであった。

私の着物はしとどに濡れたが、彼女は変装用の黒メガネと男物ジャンパーに身を固め、雨などものともせずという意気込みであった。本当にご亭主が浮気をしていたのかいなかったのか、いまだにわからない。（待てどくらせど彼は来なかった）ことほど左様に私とサキサンは「ひとつ穴のムジナ」だったのである。

サキサンはシャットアウトされていたり、解除されたりしている電話に疑問を持った。そしてそれがこびりついた。彼女は朝に夕に確かめの電話をかけてきて私を煩《うる》さがらせ、それにもめげずにＮＴＴに電話してこの理由を訊きただせと私に迫った。私がそんなメンドくさいことはイヤや、といったので、彼女は自分でかけた。だがＮＴＴの返事は曖昧なものだったらしい。要するにＮＴＴの「迷惑電話おことわりサービス」の人にもわからないのであろう。

何しろ相手はコンピューターなのである。人力の及ばぬ所でことはなされている。当節は何かというとコンピューターのせいにして、人間のミスをごま化す手合が増えているが、そのごま化しを追及しようにもコンピューターの知識がゼロの私には、ふくれ面をして黙るよりしようがないのだ。

だがサキサンはこの不思議に囚われた。しかし彼女に出来ることといえば日に何度となく私の電話番号を押しては、かかった、かからん、をくり返すことしかない。その合間に無言電話の方もかかってくる。

まったくうるさい。いい加減にしてほしい。無言電話の方がまだマシだ、と私は思う。こっちは１４４２を押すだけでいい。だが彼女の方は、おかしいねえ、これなんやろ？　知りたいねえ、あんた知りたいと思わへんの？　気にならんの？　なんで？　なんで平気？　カワッテルねえ……だ。これにいちいち返事をしなければならない。

そのうち夜中の一時頃に電話が鳴るようになった。無言電話の方は正午前後と夕方が多い。一、二度深夜にかかったことがあったが、出ずにほうっておいたら八十回鳴ってやんだ。夜中の電話には私は出ないことを察したか、その後はかかることはなくなっていたのだ。

――これは無言電話のキャツではない。サキサンだ……。

私はそう思ってほうっておく。電話は六、七回で切れる。しかし毎晩だ。

「サキサン、あんた、夜中に電話かけてる？」

と訊くと、

「はあ、かけてるよ」

あっさりと彼女はいい、

「夜中はどうやろ、と思て験《ため》してみたらかかるんよ。わたしの研究では朝から夜まではかからへんけど、夜の十時以後はかかるんやわ。けどね、いっぺんだけ午前十時にはかからんと午後一時にかかったことがあった。これはどういうことやろ？」

まるでメモでもとってあるように克明に憶えているのであった。

とにかく夜中の験し電話だけはやめてほしい、と私がいうと、電話鳴っててもあんたは出んでいいよ、わたしは験してるだけやねんから、と彼女はいう。出んでいいといわれても、電話が鳴れば目が醒めるのだ。なんでそんなもの験す必要があるのだ！　あんたのことやない、わたしのことや！　という声に怒気が籠った。

なのにその夜中、電話は鳴った。二回鳴って切れた。

「あんた、またかけたね！　ゆうべ……」

「かけたけど、起したらいかんと思て、二回だけで切ったんよ」

「あんたね！　二回でも目ェ醒めるんよ！　醒めたらあと、朝まで眠れへんのよ！」

「ごめん、ごめん。二回でも醒める？　けど気になって気になって、どうなってるやろと思たら、もう抑えられへんのん」

女学生の時、彼女と二人、掃除当番をサボって二階の教室から外を見ていたら、目の下の校庭に「トックリ」という渾名の先生が竹箒を持って立っていた。

「ここからトックリ！　て呼んだらどうなるやろ？」

と私がいった一言がもとで、サキサンは「トックリ！」と呼びたい欲望に囚われた。

彼女は窓から顔をつき出して叫んだ。

「トーックリィ！」

トックリは竹箒を持ったまま声の主を探す。私とサキサンはパッと窓の下に隠れる。

そーっと顔を出し、また、

「トーックリィ……」

トックリ上を向く。パッと隠れる。

それだけでやめておけばよかったのだ。しかし彼女はやめられない。何度目かの「トーックリィ！」をいおうと窓から顔をつき出した途端、丁度上を見上げたトックリとぱったり目が合ってしまった……。

あの時から彼女は少しも変っていない。私を怒らせると知りつつ、深夜の験し電話をかけずにはいられないのだ。

その夜、電話はまた鳴った。今度は一回鳴っただけだった。

「あんた、またかけたね！」

「でも鳴ったんは一回だけでしょ？」

「一回でも目が醒めるんよッ！　醒めたら眠れんようになるのよッ！　そしたら翌日の仕事に差支えるのよッ！　何べん同じことといわせるのん！」

「ごめん、ごめん。もうかけへんから」

しかしそういっていても、必ずかかってくる——私はそう思っている。案の定、夜中の十二時過ぎた頃、短く、

「チリ」

と鳴って切れた。いくら短くても「チリ」は「チリ」だ。彼女はかけたのだ。私は聞き逃さない。今にかかるか、かかるかと、眠気と闘いつつ待っているのだから。ああ、ひとつ穴のムジナとはいえ、これでは無言電話の方がなんぼかマシだと思いつつ。

むつかしい世の中

二世帯住宅の二階にいる娘に用があって階段を上って行くと、孫のモモ子がしょんぼり立っていて、その前で娘が睨みつけている。娘は私を見るなり、

「この子ったら、たまり水で泳いでたのよ！」

そういう顔は興奮で赭《あか》くなっている。

「たまり水？　そんなものどこにあるのよ」

と訊いたがそれには答えず、

「きーったない水。そこに腹這いになってポチャポチャしてたのよ……」

「いいじゃないか。たまり水で泳いだって」

と私はいった。べつに孫のヒイキをするわけじゃないが、かねてから私は娘の清潔好き（私にいわせれば清潔病）を苦々しく思っているのだ。

「だって汚いじゃないの！　川や池じゃないのよ、雨水なんかが溜った水溜りなのよッ！」

娘はますますエキサイトし、

「病気になったらどうするのよ！」

と私に喰ってかかった。

「そんなことくらいで病気になんかなりゃしないよ、ママなんか自慢じゃないけど子供の頃、海のそばのどろどろの沼みたいな色してるたまり水の所で泳いだわ。うっかりすると背の立たない所へ行ってしまって、沈みかけて何回か臭い水を飲んだりしたけど、どうもなかったもの」

目の前に海があるのだが、波が怖くて海へ入れなかったのだ。というのも三つくらいの時、海でヒサやんという手伝いと二人で、浮袋に入って浮かんでいたら、突然ヒサやんが私の浮袋にしがみついて来た。ヒサやんの浮袋の空気が抜けたのである。私のは幼児用であるからヒサやんにしがみつかれると持ちこたえられない。波がきて頭からかぶり、ブクブクと沈みかけ、私は泣き、ヒサやんは沈むまいとやたらに踠《もが》いた。

その時、一人のおにいさんが助けに来てくれた。助けるといっても波打際のすぐそこでアップアップしているだけであるから、ちょっと押しただけで、

「足をつけなさい、足がつく所やから」

とおにいさんはいい、幼い私の足はつかないがヒサやんの足はついたらしい。ヒサやんが、

「あッ、ついた！　すんまへん！」

というとそのへんにいた人たちがどっと笑った。

怖いというよりも、僅か三歳ながら恥かしさが身に染みた。それ以来、私はどろ沼のようなたまり水でしか泳がなくなったのだ。そこなら波に流される心配はない。

「そのたまり水の汚いことといったら、通りがかりの知らない人がみな、『汚いよ、そんなとこで泳いだら病気になるよ』といったけれども、毎年そこで泳いでた。それでも病気になんかならなかったんだから」

「その頃はO－157なんてなかった時代でしょ、今とちがうわ」

娘は吐き出すようにいう。

「O－157はなかったけれど、コレラやチフスはあったわ。今から思うと鼠取りにかかった鼠を捨てたり、通りがかりのおっさんがおしっこなんかもしてただろうねえ」

「そんなこと自慢したってしようがない」

「自慢するわけじゃないけど、普段から鍛えておけばちょっとやそっとじゃ負けないってことをいってるのよ。何かというとすぐ汚い汚いって、大名のお姫さまじゃあるまいし、蒸溜水で育てるようなことしてるからO－157なんかにやられるんだ……」

我々が子供の頃はハラに回虫がいるのが普通だった。化学肥料というものがなかったから、野菜は下肥《しもごえ》をかけて育てていた。そのため糞尿の中に混っている回虫の卵が野菜と共に口に入り、腸内で成虫になり、だんだん増えて子供は食べても食べても痩せる。回虫が栄養を食ってしまうからだというので、国中が躍起になって回虫退治の薬を小学生に飲ませたものだった。それを飲むと回虫が腸から出てくる。汲みとり式の便所だったから、白い回虫が紐のように（時には玉になって）糞尿の中に落ちていたもんだわ。

娘は鼻を縮め口を歪め、「やめて！」と叫ぶ。

ところがこの回虫、憎まれものながら実はIgE抗体というアレルギーのモトになるものを滅してくれていたのだ。（と『アレルギーに勝つ人負ける人』という本に書いてある）だから回虫がいた頃はアトピー性皮膚炎なんて病気はなかったのだ。

今の子供の腸内には回虫もサナダ虫もいない。彼らがいればアトピー性皮膚炎など起きないというので、嘘かまことか、この頃は回虫を養殖している人がいて、望めば回虫の卵を分けてもらえるのだそうだ。回虫のタマゴ一個ナンボで買うのか、それともグラムで買うのか知らないが、しかし今の子供の清潔な腸の中で果して回虫のタマゴが育つかどうか、それが問題なのだという。

「この話は現代人および現代文明に重大な示唆を与えている！」

私は声をはげました。

「たまり水で泳いだからといって大騒ぎする母親が子供を虚弱にするのだ。ゴキブリだってあんたは目の仇にしてるけれど、あれだってどこかで我々の役に立っているのかもしれない。何年か後には『知られざるゴキブリの手柄』なんてことが発見され、ゴキブリを懐かしむようになるかもしれないのだ……」

なかば口から出まかせの演説だから、娘はまた始まった、といわんばかりに横を向いている。

「親は子を守るばかりが能ではないのだ。不潔や危険を経験させ、かつ鍛えるのが親の務めだ」

そういい捨てて私は（用件があったのも忘れて）階段を降りたのであった。

そこへ起きたのが神戸の少年殺害事件である。いかにして幼い者を守ればいいのか、娘は苦慮している。いくら私でも「危険を経験させて鍛えよう」とはいえない。

考えてみれば私の幼年期、どこのおとなたちもいい合せたようにひとつことをいっていた。

「知らん人が来て、ええもんあげるとかお母ちゃんが向うで待ってるとかいうても、いいなりになったらいかんよ」

それは「子トリ」やさかい、とおとなは説明した。今は誘拐魔とむつかしくいうが、昔は「子トリ」だった。子トリは子供をかどわかしてサーカスに売る。サーカスで子供は酢を飲まされる。なぜかというと色々な曲芸をするには骨をやわらかくしなければならない。酢は骨をやわらかくするということだった。

その頃は子供をかどわかして身代金を要求するにも、そんな金をすぐに払えるような金持ちは日本には数えるほどしかいなかったから、子トリは手っとり早く子供を売ったのだ。

それから三十年余り経って日本は経済発展をし、みんなカネモチになってそのあたりから身代金目当の誘拐魔がはやり出した。娘が幼稚園へ行くようになった頃、私の母は始終娘にいいきかせていた。

「道歩く時は両方の手を大きゅう振って、真直《まっすぐ》前見て、ターッ、タッタッタッと歩くんやで。誘拐魔はそれ見て『ああ、この子はしっかりした子供らしいな、これはあかん』と考えて誘拐するのをやめる」

そして母は（一日中炬燵に入ったまま動かないという不精者だったが）炬燵から出て、「ターッ、タッタッ」の歩き方をしてみせたのだった。

だが今、我々は五歳の孫に何を教えればいいのか困っている。金目当ではなく、子供殺しを趣味とする殺人鬼が出て来たのだ。いくら知らない人について行くんじゃないよ、と教えていても、ターッタッタッと大きく手をふって歩いていても、いきなり車が横に止って犬コロでもつかまえるように取り押えられ、車に押し込まれてはどうすることも出来ない。

私はつくづく孫を眺め、こんなに小さいのはその気になればひとヒネリだと思う。気づいた人が助けようとしても、車は走り去ってそれでおしまいだ。だいたい気づいたとしても、助けよう、助けねばと思う人はまずいないだろう。うちはカネモチじゃないから、身代金目当の誘拐はされないと安心してはいられないのである。

「モモちゃん、道で知らない人から話しかけられたらどうする？」

孫に質問すると、

「知らん顔してさっさと歩く」

すぐにそう答えるのは、母親からさんざんいわれているからだろう。

「追いかけて来たらどうする」

「助けてェ、って泣く」

「大声でいえるかな？　タ・ス・ケ・テェ！　こんな具合に」

「わかんない。追いかけられたことないから」

もっともだ。それでは、というので「助けてェ」の練習を始める。

「助けてェ……」

「それじゃダメだ。もっと大きな声で」

「助けてェーッ！」

「切迫感がないねえ。タァスゥケェテェーッ！　こうだよ。さあ、やってごらん」

そんな声出ないよう、と孫は困っている。

ある夜、孫と一緒に外出先から帰って来た娘が私の部屋へ来ていった。

「さっき渋谷でエレベーターに乗ってたら、五十がらみの男の人がしきりにモモ子を見てるの。そして『可愛いね。お嬢ちゃん、いくつ？』って訊いたのよ……」

ところがモモ子はそのおじさんの方には目もくれず、エレベーターの壁を見つめたま、じっと固まっている。仕方なく娘は「五歳ですけど八月には六歳になります」と代りに答えた。男の人は見るからにいい人らしくニコニコ顔で、わたしには五つになる孫がいますが、遠方にいるので長い間会っていません。丁度これくらいの背丈になってるんでしょうかねえ、なんていう。モモ子はキッと前を向いたまま、ビクともしない。その人は少し酒が入っているらしく、そんなモモ子の態度を気にせずに次々と質問する。

「しかしお嬢ちゃんは大きいねえ。幼稚園でも大きい方でしょう？」

「はあ、年長組になって一番大きい子になりました」

仕方なく娘は代りに答え、モモ子がツンツンしている分をとり返そうと余計な愛想笑いをしなければならなかったという。

　本来なら、なんです、えらそうにツンツンして、おとなに対して失礼でしょッ、と怒るところだが、孫にしてみれば「知らない人から話しかけられた時の心得」を実践しているのであるから、叱るわけにいかない。「ニコニコはきはきしていい子ねえ」は昔のホメ言葉。今は「ツンケンして人を人とも思わない」のがよろしい、よくやった、ということになる。

　だが更に考えてみると、ツンケンしたらしたで、このガキ、生意気だというので、よけい酷い目にあうということもあるかもしれず、親の心配は尽きない。かくなる上は、いざという時、身を守る手だてを教えねばならぬだろう、ということになった。

「わたしが女学校を出て上京してきた時、兄ヨメのルリさんが、愛子ちゃん、悪い男に抱きつかれた時は男のタマを攻めるのよ、こうやってタマに向って膝を突き上げる……」

　と教えてくれたが、その時のように私は立ち上って、エイッと片膝を突き上げて実演してみせた。

「しかし五ツの子供じゃ、いくら膝をつき上げてもタマに届かないだろうしねえ……うーん」と娘は唸る。

その夜、なんだか二階が騒がしい。翌朝、昨夜は何をしていたのかと訊くと、娘はモモ子に「タマ攻撃」のし方を教えていたのだという。

「膝ゲリは無理だから、ゲンコで殴ることを教えようと思ってね」

「出来ればつかんでねじ上げるところまで出来れば上々だけどね」

タマのありかを教えるためにはムコどのに見本になってもらうしかなく、だがムコどのはいやがって逃げたので母子して追いかけ廻した。

「ほんとに非協力的なんだから、あの人――」

と娘は真顔で怒っているのであった。

忠犬

長命になったのは人間だけではない。犬も長命になって老人病が増えている、とテレビでいっていた。犬の白内障をハリ治療で治しているところが映って、落ち込んで元気がなかったのがおかげで元気になりました、と飼主がいっている。

ペットに老化の症状が出る前に、「老後の生活改善などの備えをしてあげる」のが飼主の心がけなんだそうだ。犬用車椅子に坐らされた犬を飼主が押している映像なども出てきた。

庭に目をやるとタローが庭を歩いている。グルグル、グルグル、同じ所を際限なく廻

っている。時々よろけて立ち直り、ひと呼吸入れてまた歩き出す。

「あらまあ、せっせせっせと歩いてること……元気なのねえ」

と客がいう。去年の七月、脳梗塞のような病気で倒れ、死んだと早合点した私は「タロー、長い間ありがとう」などと挨拶して娘と共に泣いたりしていたら、突然ムクムクと起き上って呆気にとられているうちに水をペチャペチャ飲み、以来一年生きつづけている。病気の後遺症として後脚が弱っていたのが、日に日に硬直して坐れなくなった。せっせせっせと歩いているのは、一日寝そべったが最後、起《た》ち上れないので、歩きつづけているようなのである。

「あら、まだ歩いてる。ここの家じゃ散歩に連れて行かないから、ああして自分で運動してるのね。悧口ねえ」

お客は感心している。かと思うと、

「あ、これは放浪ボケね」

あっさりいう人もいる。タローは歩きながら眠っていることもある。戦争が始まった頃、私は女学校二年だったが、「中国大陸では兵隊さんが眠りながら行軍しているんです。だからあなた方もがんばりなさい」と先生から始終いわれたことを思い出す。

事情を知っているお客は可哀そうねえ、といってくれるが、可哀そう？　やめてくれ、さすがはタロー、「えらい」といってほしいと私はいいたかった。タローは人に甘ったれず、野生の犬の誇りを持って歩きつづけているのだ。これこそ犬の鑑《かがみ》である。憐れむなどとんでもない。私は賞讃激励したい気持でいっぱいだった。

それが春頃のことである。来る日も来る日もタローは歩き、私は猛烈な花粉症との戦いに明け暮れていた。やっと花粉症が下火になったのは五月も末になってのことだ。花粉症に引きつづき私は夏風邪をひいて咳がとれず、夜通し眠れずに咳をしていた。その間もタローの方は相変らずせっせせっせと歩いていたが、そのうち時々、

「クォーン」

という啼き声が庭から聞えてくるようになった。「キャーン」でもなく、「ウー、ワンッ」でもない。哀切きわまりない「クォーン」だ。耳が聞えなくなってきてからは、吠えることがなくなっていたのだ。それが助けを呼ぶような声を上げている。

庭へ出て行くとつつじの植込みの中にタローがうずくまっている。タローは横になると自力で起きられなくなるが、それでも四苦八苦して踠《もが》いて自力で起きていたのだ。だがついにその力がなくなった。思うにまかせぬ我が身にじれて、「クォーン、クォーン」

と啼いているのだった。

昼となく夜となく、「クォーン、クォーン」が始まるようになった。私は原稿を書きながら（あるいは眠りながら）それを聞いている。

「うるさい！　自力で起きよ！」

窓を開けて怒鳴る。はじめのうちは庭に出て起してやっていたが、そうそうタローの面倒ばかり見ちゃいられない。だがそういって怒られているうちに、タローは自分で起きるコツを覚えたか、クォーンをいわなくなった。「クォー」といいかけて途中でやめ、踠きに踠いて起き上っている。誰も介護をしないので、不撓《ふとう》不屈《ふくつ》の精神でリハビリに励むジイサンになったのだ。

ある夜のことである。タローが「クォーン、クォーン」と切なげに啼きしきる声に目が醒めた。舌打ちをしながら懐中電燈を持って庭に出ると、犬小屋の中にいてそこで啼いている。

「自分の小屋の中に寝てて何の文句があるんだよーッ！」

私は怒鳴りつけ、足音も荒々しく寝室に戻って寝た。だがその翌朝のことだ。庭から手伝いのNさんの大声が聞えてきた。

「先生、たいへん！　タローのお腹に蛆《うじ》がウジャウジャ……」

仕事のペンを捨てて庭へ走る。見ると下腹の毛のない柔らかなところを蛆どもが這い廻っているではないか。

Nさんと二人で取った蛆は七十四までは数えたが、それ以上は数えきれなかった。傷口があってそこに蛆がわいたというわけではない。このところたれ流し状態になっていて、雨がつづいたため不潔になっていたのだろう。聞くところによると蝿という奴は実に敏感な奴で、動物の生命力が衰えたと見るや、忽ちやってきて卵を産みつける。それは一夜にして蛆になるのだという。

蛆を取り去って身体を洗ってやると、タローはぐったり地面に横たわったまま、目を閉じている。あの「クォーン」は蛆どもに血を吸われて痛い痛いと泣いているクォーンだったのだ。

アニマルクリニックの先生に往診を頼んだが、診療中なので夕方行きますという返事である。とりあえず蛆がたかっていた下腹に塗る薬を貰いに娘が出かけて行った後、私はタローのそばにしゃがんで様子を見守った。七十四の蛆を取ってもらって気持がよくなったのか、タローはぐったり四肢を投げ出して目を閉じている。見ているうちにタローは殆ど息をしていないことに気がついた。閉じている瞼を指で押し上げると、眼球の端が上の方に少し見えるだけである。

死んだ!

私は電話へと走った。娘がアニマルクリニックへ薬を貰いに行っている。それを止めなければ薬が無駄になる!

「タローは死にました!」

私は電話口で叫んだ。

「娘が今、薬をいただきに上りましたけど、もう必要ありませんからそう伝えて下さい」

電話を切ると間もなく先生が来て、

「ダメでしたか」

「はあ、死にました」

と私は声を落したが、先生はタローを見るなり、

「死んでませんよ」

「昏睡しているんですよ」

どうしてこう私は慌て者なんだろう。一年前、タローが脳梗塞で庭隅に倒れていた時も死んだと思って騒いだ。それから一年、タローは生きつづけた。

しかし先生は「けれど多分、一日二日の命でしょう」といって帰って行かれた。

一日二日の命！

明日か明後日でタローはついに死ぬのだ。タロー、悪かった。「犬小屋の中に寝ていて何の文句があるんだよッ」と怒ったり、「放浪ボケ」だの「無芸大食」だのと罵《ののし》ったりして。そうだ、仕事が忙しくてタローのゴハンのおかずが何も買ってなかった時、『ホテルオークラのビーフシチュー』の缶を開けてゴハンにまぜてやった。いつもはタロー用の安いお米を特別に炊いているのに、その日は人間サマのゴハン、しかも「新潟魚沼の米」だった。

「さあお食べ。今日のゴハンは上等よ」

とニコニコして食器を地面に置いた途端、タローは口で食器をひっくり返した。

「こらーッ！」

忽ち私は怒号し、

「何だと思ってる。ホテルオークラのビーフシチューなのにィッ！」

思わず頭をピシャンとやった。タローの後脚は力が入らないので、顔を下げると後脚が浮いて前のめりになるのだ。それがわかっているのに、だ。ホテルオークラのビーフシチューを惜しむあまりに……。

死ぬと思えばあのことこのこと（可愛がったこともあったと思うがそんなことは少しも思い出せず）怒ったり邪慳にしたことばかり思い出されてくる。あと一日二日の命と聞けば、これから精いっぱい優しく看病してやろうと心に誓う。

そうして一日経ち二日経ち、三日、四日と経ち、タローは大飯食って元気になった。一週間、十日経った。死ぬ気配はない。だが死んだようになっている。死んだのか？と見れば死んでいない。時々、クォーン、クォーンが始まる。夜は殊にひどい。私は眠れず仕事が出来ない。

昭和五十年以来、夏には欠かさず行っていた北海道の家へ、去年はタローの病気のために行けなかった。今年の夏までには「カタがつく」だろうから行けると思っていたのに、この分では今年も駄目だ。北海道の集落の親父さんから電話がかかってきて、

「なに？　来られないってかい。まだ死なないのかい、困った犬だな」

という。そういわれると「まったく」と頷いてしまう。

八月に入るとタローは横になったままになった。ゴハンも手の上にのせて食べさせてやる。水を飲ませる時がひと苦労だ。それに蛆退治。夜通しクォーン、クォーン。たれ流しのお尻を洗う。洗っても洗ってもその臭気は部屋まで流れてくる。貰い物の芳香線香を立てる。安線香の匂いとタローの異臭が混って何ともいえないキモチの悪い臭いになる。

「いったいいつまでこうしている気だ、タロー」

タローは聞えぬかのように目をつぶって植込みの中に横たわっている。呼んでも動かず、目も開けない。ついに死んだか！

一瞬緊張する。だが待てよ。いつも慌てて失敗する。験しにチーズを持って来てハナ先にさし出してみた。と、
ガバッ！

ワニザメのごとく赤い大きな口を開けてタローは私の手まで一緒に嚙んだのである。

「いたいッ！」

反射的にゲンコをふり上げると、

「なにやってんのよう」

二階のバルコニーで布団を乾していた娘がいった。

「犬とばあさんって短篇、書けるねえ」

そんなある日、霊能者のEさんが遊びに来たので、タロ一を霊視してもらった。

「いったいいつまで生きるんでしょうねえ。動けないのに大飯喰い。夜は啼いて近所迷惑ですしね」

ついグチグチという。Eさんは暫くタローを見ていてから、

「どうやらタローは先生に対して死んではいけないと思ってるみたいですね」

「えーッ、なんで？」

「この家を守らなければならないと思ってるみたいです」

こんなに厄介をかけながら、「守らなければならない」もないもんだ。

タローは十七年前、迷い犬として我が家に現れて、いつか住みついた犬だ。私は暇な時、タローに向ってよくいったものだった。

「タロー、恩返ししなさいよ。ここへ来なければお前は野犬狩りにひっかかってたところだよ」と。

ああ、恩返し、恩返しと私はいい過ぎた。それでタローは私を守らねば、と心に刻みこんだのだ。私はタローの頭をなでながらいった。

「タロー、もう守らなくてもいいんだよ。恩返しなんかいいんだよ。ホントにホントだよ。何も気にすることはないのよ、私のことは心配いらないんだから……」

いっているうちに激してきて、

「エイ、もう守ってなんかいらんといってるだろ、わかってるのかい！」

だがタローは聞くまいとするように頑固に目をつぶったままだ。私は思う。本当に死んだら、私の心臓はドクドクと血を流すだろう、と。だがタローはまだ死んでいない。

それで私は安心して怒る。

タローが死んだら庭に碑を立てようか、と娘がいった。

「噫《ああ》、忠犬タロー、ここに眠る、って……」

しかしこれを忠犬というべきかどうか、私にはもうわからぬ。私はヘトヘトだ。

単行本　一九九七年十一月　文藝春秋刊

文春文庫

だからこうなるの　我《わ》が老後《ろうご》3

定価はカバーに
表示してあります

2000年12月10日　第1刷
2023年7月15日　第7刷

著者　佐《さ》藤《とう》愛《あい》子《こ》
発行者　大沼貴之
発行所　株式会社　文藝春秋

東京都千代田区紀尾井町 3-23　〒102-8008
TEL　03・3265・1211(代)
文藝春秋ホームページ　http://www.bunshun.co.jp

落丁、乱丁本は、お手数ですが小社製作部宛お送り下さい。送料小社負担でお取替致します。

印刷製本・凸版印刷

Printed in Japan
ISBN978-4-16-745004-5